フィンランド人が熱狂するサマーコテージ。
サマーコテージではお茶を飲んだり、バーベキューしたり、ボート遊びしたり。

野生の熊を小屋から頭を出して覗くという異常行動。

寒い。とことん寒い。寒さは命に関わるので大切。防寒表（左）。

無職でも買えた自転車。

トナカイは至る所にいるし、トナカイのお肉はよく食べるし。

白夜です。

ベリーのスープ（左上）。ベリーはどんなものにも大活躍。硬いチーズにも（右上）。四角いけれど、こう見えてパンケーキ（左下）。お米のプディング（右下）。

にんじんのポタージュ。スープは手抜きに限ります。

やっぱりかわいくないフィンランド

芹澤　桂

幻冬舎文庫

やっぱりかわいくないフィンランド

もくじ

やっぱりかわいくないフィンランド

はじめに

前著『ほんとはかわいくないフィンランド』で、旅行者フィルターをはぎ取って見てみれば真のフィンランドのヌケ具合が見えてくる、などと偉そうに書いた私。その後自分自身にもしっかりとフィルターがかかっているのを幾度となく発見した。その名も夫フィルターだ。

私にとってフィンランドは住みやすく、家を買うのもさほど難しくなく家の中は暖かく、人々は基本的に優しく、出産も子育てもそう大変ではない。身一つで移住した外国人の私がそう思えるようにしてきた夫や周囲の人々の努力の賜物だと思っている。しかし同じフィンランドに住んでいる人でも、真逆の感想を抱いている人ももちろんいるだろう。

この本はそんな、よく言えば守られていたフィルターからほんの少し出てきてフィンランド社会を覗いてみた段階のエッセイ集である。

薪で心地よく暖められたサウナからうっかり雪の中に裸で飛び込んでいってしまったみたいな、と言ってもいいかもしれない。

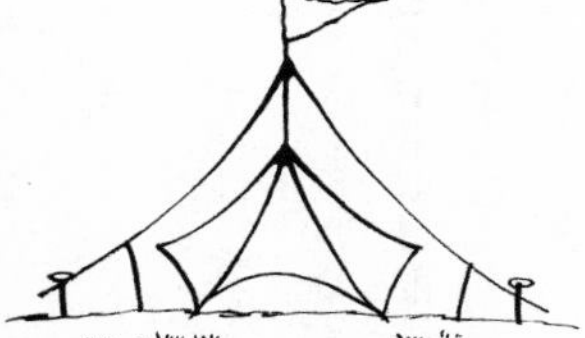

10

イケメンはいるのか

フィンランドに移住して以来、たまに聞かれるのが「本当にイケメン多いの？」という日本の友人女子からのコソコソとささやくような質問だ。どうやら少し前にテレビで北欧はイケメンが多い、などと特集をやっていたらしい。

なんてこった。説明が長くなってしまうのだけれど、フィンランドは北欧であって北欧ではない。ＥＵに加盟しているしノルディック諸国には入っているのだけれど、スカンジナビア諸国には含まれないのだ。フィンランドだけ仲間はずれと言ってもいい。それなのに一緒くたにされてイケメンだらけの前提で話されると、ちょっと困る。夫をお披露目しにくくなるし、誰か紹介してなんて言われたらご期待に沿える自信がない。

例えば、北欧５ヶ国（アイスランド、デンマーク、ノルウェー、スウェーデン、フインランド）の言語のうち、フィンランド以外の国では「ありがとう」は「タック」なのに、フィンランドだけ「キートス」。言語体系がここだけ違うのだ。もうちょっと厳密に言うと、他の国は英語に似たインド・ヨーロッパ語族なのに対し、ここだけウラル語族の言葉になる。ウラル？　なにそれ？　と首を傾《かし》げられても文句は言えない。私もなにそれ？　って思ってたから。とりあえずフィンランド語だけやたら独立した言語体系なので勉強しているとその難しさになにくそ、と思う場面が多すぎる。

民族的にもフィンランド人はフィン人という人々で、ヴァイキングをやっていた他の北欧の国々とは異なる。ゲルマン系ではあるので見た目は他の北欧諸国の人々とあまり変わらず色白で金髪碧眼など色素が薄い人が多いと言われているけれど、私の勝手な体感からすると、なんというか、フィンランドの人の方がもっと顔が薄い気がする。

他の北ヨーロッパの顔が南ヨーロッパの彫刻のような彫りの深さに比べてあっさりドレッシング系だとしたら、フィンランド人は塩だけ、というか。素材重視というか。いわゆる塩顔とはまた違うのだけれど、彫りもさほど深くなく、たまに日本人に見えるような人も見かける。

とはいえ歴史上この国にはスウェーデンからも南からも人は流れてきているので、厳密にフィンランド国籍の人はこういう顔、というのは断言しがたいのだけれど、文化にしても民族にしても北欧をみんなひとまとめにしてしまうと誤解が生まれやすい。

そして本題、イケメンはいるのか。

金髪碧眼ならいる。茶髪、銀髪、緑眼もいるし金眼もいる。それらを男女問わず綺麗だなぁ、と眺めてしまうことはある。

高身長の男性も多い。男性の平均身長はここ数年179cm前後をキープしており、背が高くて色素の薄い男性が好みなら見つけるのは難しくない。

ただし私のイケメン基準は日本の女友達からも「あんたの趣味わかりにくい」と言われる始末で、まずおとぎ話の王子様のような綺麗な顔した男性が苦手である。よって金髪碧眼にも心が動かされることなく過ごしているのだけれど、移住してから今まで3度だけこの人イケメン、と思ったことがあった。数年住んでいて3度だけ、なのだからやはり少ないのかもしれない。

1度目は近所のビーチにて、1人でレジャーシートに寝っ転がって読書していたとき。

初夏の平日、本の先に、フィンランド名物「まだ肌寒いのに半裸」の男性がいて、こっちを見て微笑んでいる。肩で揃えた長めの金髪をオールバックにし、碧い眼をキラキラさせてこれ見よがしに視線を送ってくるのが、「ああ、この人自分がイケメンって自覚してやってるんだろうなぁ」と興ざめだった。たまぁにこういう、「顔は整っているが勘違いイケメン」はいる。そしてだいたい脱いでいる。

2度目はやはり近所の薬局にて。薬を処方してくれた薬剤師さんが、爽やか系のイケメンだった。

短く切ってある清潔感と艶のある茶髪に、凜々しい眉毛、その下の少し垂れ気味の優しげな目。そして白衣。おまけに仕事も丁寧で「この薬の使い方はわかりますか?」と親切に聞いてくれたのだけれど、その処方薬、あろうことか座薬だったのである。なんの罰ゲームかと内心死にそうになりながら、わかりますと言っても慣れているみたいで恥ずかしいし、わかりませんと言って一から説明されても困るし、と頭は大混乱。どう受け答えしたかあまり覚えていないが命からがらお会計を済ませ逃げるように薬局を後にした。それ以来その薬局には行けていない。罪深きイケメン。

3度目は写真である。夫の叔母の家に遊びに行った際家族アルバムを見せてもらうと、そこに髪を綺麗に櫛で整えたシュッとしたハンサムさんが写っていた。イケメンというより、クラシカルなハンサムガイ。襟付きシャツ、通った鼻筋、背は高く、切れ長の目で眩しそうに遠くを眺め、薄い唇はきゅっと結ばれている。白黒写真でありながら育ちのよさそうな雰囲気が伝わってきた。

「これ誰？」

と思わず前のめりに聞くと、なんと叔母の兄だという。すなわち私の夫の父。ゼルダで有名な、あの義父だ（『ほんとはかわいくないフィンランド』参照）。

今となっては貫禄のある体格をしており写真の面影はほぼないのだけれど、そんなイケメンが身近にいたのにはたまげた。そういえば義父に似た義弟も日本の友人たちからはイケメンだね、と言われる。

よく考えたら今まで私が見たことあるイケメンはみんな近所に出没する人たちばかりだった。だとしたらフィンランドには本当はイケメンが多いのか？　このテーマ、後日もう少し掘り下げたい。

無職でもかわいい自転車が買える国

フィンランドに引っ越してきて最初の夏に、自転車を買うことにした。

当時住んでいたのはヘルシンキ中央駅まで住宅地をゆっくり回っていくバスで20分ほど、歩いても1時間足らずの場所だった。交通の便は悪くないけれど、自転車ならさらに早くて10分。ちょっと映画を観に、とかちょっとおいしいパンを買いに、いちいち運転の荒いフィンランドのバスを使うのもめんどうで、自転車を買うことに決めた。

日本では大学生活以来自転車に乗っていなかったので10年以上ぶりになる。自分がまだ乗れるのかどうかドキドキしながら、自転車を探すことにした。

ここで日本なら、別におしゃれさんでも走り屋さんでもない私はホームセンターに行って適当なママチャリを1万円ぐらいで探すところだけど、はは、フィンランドですよ。変なところで物価が高いときた。

例えばスーパーの各店舗で焼き上げているクロワッサンなんかは50円以下で買えるくせに、そんでもってとってもおいしくて私を肥えさせようとしてくるくせに、とんでもなくベーシックな味気ない自転車が大型スーパーやスポーツ用品店では3万円近くもする。その上盗難も多いという。

大人ならそのぐらいの出費はまあ我慢できるかもしれないけれど、そのとき私は移住したての堂々無職。いつ次の収入があるか、定職に就けるか見当もつかないときだったので地に足をぺったりとつけた生活をしており、値段に見合わない自転車には心が動かず、中古で買うことにした。経済的に余裕が出たら新品に買い替えればいいか、と。

そこで中古品販売サイトでめぼしい自転車を探し始めた。

フリーマーケット、フィンランド語で言うところの「kirppis（キルッピス）」も町中にあってアンティーク食器やガラクタ、各種中古品も買えるのだけれど、さすがに自転車はめったに置いていない。自転車のような大型用品は個人同士で売買できるサイトの利用が一般的なのだそうだ。

予算は50ユーロ。日本で新品のママチャリにつく底値ぐらいの値段だ。日本の山間部の田舎で育った私からしたらヘルシンキは平坦な方で、特にすごいギアも電動機能もいらなかったから、まあ妥当な予算だと思う。

そこでまず、ある女性が売っている自転車を見に行くことにした。日時調整の電話を入れるときに、サイズが合うか試乗して決めさせてもらえますか、と断っておいた。自転車に関する心配事といったらサイズぐらいで、あとはライトがついていて乗れたら充分。

中古品を買うことに慣れていなかった私は、予算さえ決めれば簡単に見つかるものだと思っていたのだ。

ところが実際売主に会って自転車に乗ってみると、サイトの商品ページには「状態良好」と書かれているものの、チェーンが引っかかるような感覚がしてこぐたびにギシギシと異音を立てていた。素人の私にでも、これはオイルを差せばどうにかなるような問題じゃないぞ、とわかる。売主に失礼にならないように聞いてみると「気付かなかったわ」と言う。そんなわけなかろう。その売主とはさよならした。

次によさそうな自転車を見に行ってみると、売主の家をピンポンするなりムシャムシャと食べものを口に入れた状態の肥えたおっさんが出てきた。自転車は妻のものだというが、さっき売れたばかりだという。

日時を調整してはるばるやってきてそれはないじゃないか、と言うと「ごめん、もう1台自転車売ってるからそっちと混乱してた」と言ってのける。ダブルブッキングのようなものか。っていうか混乱するか普通。日焼けしているのか酒なのか赤い顔も怪しい。そのもう1台の自転車、というものを売り付けようとするので念のため見せてもらったら子供用で赤い。ここもさよならした。

自転車の売買に限らず、残念なことに中古品販売サイトで出会った人たちは、私からするとびっくりするぐらい不誠実な人が多い。

幸いなことにフィンランドでは中古市場が活発なので、我が家も家具家電などいろいろなものを売ってきたけれど、「今日商品見に行っていい？」と聞かれて都合のいい日時を返信するとその後音沙汰がなかったり、実際商品を見に来た人が「たぶん買うことになると思うけど週末までに連絡します」と言ってやっぱり音沙汰なかったり、「今お金ないから無料でそのソファうちまで運んでくれない？」と図々しくもお願いしてきたり。

交渉を担当している夫は「どうしてせめて一言、要りませんとか買えませんって連絡できないんだろう」といつも嘆いている。一般社会ではみんなが無礼だなぁなんて思ったことはないから、ネット特有のものだろうか。

もちろん礼儀正しい人もちゃんといて気持ちのいい取引をさせてもらったことも何度もあるのだけれど、ハズレを引く可能性の方が圧倒的に高く、私はいつもその謎に首を傾げている。


中古品購入に慣れていなかった移住1年目の私はたった2回の詐欺というか嘘つきさんホラ吹きさんにしょぼんと気持ちがくじけて、自転車で中古はやっぱり無理があったかなぁと諦めかけた頃、3度目の正直でもう1台だけ見に行くことにした。

お値段は私の予算ぴったりの50ユーロ。ライト付き、荷台付き。私の好きな水色。ただし、1980年製。私よりも年上である。

それだけ古い自転車を、売主曰《いわ》く「状態良好」とはいえ50ユーロで売ろうとするのにも驚いたし、それがまかり通るフィンランドの中古市場にも驚いた。

しかし前にもどこかで書いたように私は日本であらゆる所有物を捨てて移住してきたので、古いものを大切にするっていいなぁと憧れる気持ちもあった。

さてその問題の自転車である。

売主はヘルシンキ市内のアパートに住む年金生活者らしき年代のおじいさん。私は当時フィンランド語がまったくダメだったので、言葉ができない者特有の会話の空気を読むセンサーをフル稼働させつつ夫を間に入れて話した感じだと、正直そうな人という印象を持った。絶対売りたいというようなオーラも、お金に困っているという雰囲気もなく、まあまずは乗ってみなよと言う。自転車は住民共有の自転車倉庫に保管されていて、古くホコリはかぶっているものの、雨露をしのいでサビついてはいない。安心のフィンランドブランド、Helkama（ヘルカマ）製。

フィンランドは湿気が少ないせいだろうか、ときどきこうやってびっくりするぐらい古いものでも、さほど傷まずに保存されているのが出てくる。

自転車ははたして、まったく問題がなかった。サドルの白い革の一部が破れているものの、カバーをつければ乗れるしサドルを替えることだってできる。本体に目立つ傷もない。

なによりアンティークになるほどおしゃれではなく、中途半端にクラシカルなデザインが愛らしくて、気に入ってしまった。

結果として私はその自転車を買い、5年経った今でも所有している。

一時期は語学学校に通うのに毎日往復14㎞の距離を、冬もスパイクタイヤに替えて乗り回していた。子供ができてからはしばらく乗れなかったけれど、この春久しぶりに乗ってみたらまだ現役で動く。今年で40歳の長寿自転車である。愛着がわきすぎて買い替える気はまったく起きない。

衝撃。コーヒーが美味！でない

フィンランドにおける1人当たりのコーヒー消費量は世界一である。

本当にそんなに飲んでいるのかと聞かれれば、飲んでいるとも言えるし首を傾げたくなることもある。

例えば職場においてコーヒー休憩を取ることが法律で定められており、フルタイム勤務の場合1日に2度、コーヒーの時間がやってくる。とはいえカジュアルな職場が多いので、きっかりこの時間にみんなでコーヒー飲みましょう、というものではなく、自由にコーヒーなりお菓子なり摂っていいところが多い。

職場の片隅にはたいていコーヒーマシンを備えたミニキッチンがあり、そこでなんとなく同僚と立ち話することもある。有志でコーヒークラブなるものを作って出資しちょっといい豆を月替わりで買ったり、カプセル型のエスプレッソマシンを導入したりしている職場もある。

　また大事なクライアントが来る場合は近くのカフェからケータリングでコーヒーと甘いパンなど取り寄せることも多い。その場合コーヒーは大きなポットに入れて数L単位で届く。

　ランチメニューを行っているレストランにおいても、食後のコーヒーと、ちょっとしたクッキーや焼き菓子のデザートは料金に含まれていることが多い。ランチ休憩が45分と短いので、そのコーヒーを職場に持ち帰れるよう紙カップまで用意されているのには感心した。

　が、問題はそのコーヒーの味だ。

　移住したての頃、夫が家で仕事しているのもあってしょっちゅう外に一緒に昼食を食べに行っていた。時間はあるのでビュッフェ形式でしっかり食べた後まだゆっくりしてコーヒーとデザートを楽しむのだけれど、そのコーヒーがどうもおいしくない。

　いろんな店で試したけれど、顔をしかめたくなるような酸っぱさ、苦さのところが多かった。浅煎りなのはわかる。でも浅煎り特有のフルーティーな酸味ではなく、煮詰めたような味がする。

私はコーヒーにはそんなにうるさい方ではないので、どうしたらそんなことになるのか最初は考え込んでしまった。しかしよく見たらコーヒーはいつでも誰でも取れるようウォーマーの上に用意されている。レストランのランチタイムが始まるのは11時、そのときからみんなが食事を終えるまで最低でも30分ほど、ずっと温められて酸化しているのだ。

席数の多い店ともなるとコーヒーメーカーのサーバーで保温ではなく、ステンレスのサーモポットに入れられていることもある。電熱で温められるよりは味は落ちないけれど容量が大きいので、やはり運が悪いと一時間以上経ったものを飲むことになる。この、大量抽出されて長時間保温されているコーヒーのまずさを表現する言葉もあるほどだ。「Huoltoasemakahvi（フオルトアセマ・カハヴィ）」、すなわちガソリンスタンドコーヒー。さくっと立ち寄るドライバーの需要に対応できるよういつでも用意されているガソリンスタンドのコーヒーは、やはり酸化していることが多い。一緒に売られているドーナツや菓子パンの甘さをごまかして流し込むために作られているとしか思えない。

そんな大量抽出文化だからこそ、きっと無駄もあるのだと思う。何時間も提供はし続けないだろうからいくらかは廃棄になり、それこそが世界一の消費量を変に誇る結果になっているのではないだろうか。

さすがにスタバやそれに似たセルフのコーヒー店ではドリップさえ頼まなければ、注文ごとにエスプレッソマシンで淹れたおいしいアメリカーノにありつけるけれど、なんせ高い。約5ユーロ、つまり600円以上するので、そこまで出さないとおいしいコーヒーに出会えないのかと悲しくなってくる。

最近ではもうその巷に溢れかえっている淹れ立てではないコーヒーの味にも慣れてきて、半カップぐらいはありがたくいただくか、もしくはこのレストランはコーヒーもおいしいというのをしっかり覚えて食後も楽しみたいときはその店を選ぶか、さっさと帰って家できちんと手入れされたコーヒーメーカーで淹れるか、にしている。

ちなみにフィンランドで一番おいしいコーヒーが飲める場所はどこか？

カフェならば数軒頭の中のリストに入っているけれど、それよりもコーヒー通の義弟の淹れるコーヒーが、実は一番おいしい。

彼はコーヒーについて語らせたら止まらない。いい器具、ロースタリー、淹れ方など知識の宝庫である。普段の豆はそんなに特別なものは使っていないというのに、丁寧に、正確に淹れるのがいいのか、びっくりするほどおいしいのだ。

フィンランドで持つべきものは高い豆や消費量を誇る店より、コーヒーに詳しい知人である。

なぜに牛乳を飲みまくるのか

２０２０年3月、日本の2週間の全校休校にはたまげた。あまりにもびっくりしてあの「要請」が出た日、出会ったフィンランド人たちにいちいち報告したら、みんな最初は冗談だと思って苦笑して、それから「嘘じゃないんだってば！」と詳細を語るほどに爆笑された。

そんな急に学校閉められないでしょう、いくら日本でも。いくら、というのは「震災の後も冷静さを保っていたスーパー日本人たちでもさ」という好意的な意味だ。「日本ほどの人口規模でそれ本当にやるの？」いえいえ、あくまでも要請らしくて詳細も補償も何も決まってなくてしかも今は学期末で年度末で試験時期で……。

そして最後には深く同情された。だいたいみんなそんな反応だ。

これが今の自分の立場でいきなり2週間も子供が休校・休園になったら、と想像をしてみた。我が家に就学児はいないので保育園も閉まることにして頭でシミュレーションしてみる。

まず、保育園では朝食・昼食・おやつまで出してもらっているので、平日もそれらを全部作ることになりそこからげんなりする。

乳児もいるのでウィルスが飛び交っている中2人を連れて買い物もそうそう行けない。かなりの蓄えが必要になる。

もしもいわゆるワンオペ育児で「さあこれから2週間子供と家に引きこもってください、夫は仕事の負担が増えるだろうから使い物になりません」って言われたら、誰だって備えて2週間分買うだろうな。転売目的は別として、日本の買い占めだって、そうやって起きたケースの方が多いんじゃないかな、と祈りを込めて推測する。

我が家は幼児の飲む無脂肪牛乳、夫と私の飲むラクトース抜き無脂肪の牛乳、豆乳、私が外出するときの乳児用液体ミルク、と毎日紙パックのゴミ捨てが必須なほど消費されていくので、しばらく買い物に行けないとなるとそれは相当量買っておかなければならない。

というか、フィンランド人、牛乳飲みすぎ。

大人でも食事と一緒に牛乳を飲むのを見て、移住したての頃「給食か！」とつっこみを入れたほどで、例えばビュッフェ式のランチレストランでもトレイを手にとって最初に（もしくは最後に）牛乳、水、ジュースと並んでいる。それも普通の牛乳だけでなく数種類。オーツ麦由来のミルクも最近は人気だ。今となっては私もすっかりその習慣に染まり、牛乳を昼、夜に飲むようになった。

朝ごはんに米やオートミールの粥を食べるとなるとますます牛乳は必要で、うちの幼児でさえ1日半L以上は消費するので、それゆえの牛乳買い込み予想だ。

などと書いていたらフィンランドでも学生のコロナウィルス患者が出て、いくつかの学校が学級閉鎖（自宅学習）となった。

人口密度や国の対応からしていきなり全校休校とまで極端なことにはならないと予想しているけれど、万が一本当にそんなことになったらうちと同じ事情の家はいくらでもある。日本とは逆で牛乳が店先からなくならないか心底心配だ。

もちろんごはんの材料も必要だ。

フィンランドでは冷蔵庫を2個持ちしている家庭や、人の背丈以上ある冷蔵庫、冷凍庫をそれぞれ1台ずつ持っている家庭も多い。たぶんみんなそれらをぎゅうぎゅうにして凌《しの》ぐのだろう。これが夏だとベリーがいっぱい冷凍庫に詰まっているけど今は冬なので少し余裕が出てきているはず、きっと大丈夫。

冷凍食品や市販品を頼るのも日本より抵抗は少ないように思う。共働き家庭がほとんどなのでみんなごはんはちゃちゃっと作った方がいいと考えている。夕飯がサンドイッチやスープだけでも文句を言われることはない。

おむつは布おむつがあるのでそれでどうにか回せるはずだ。

初めての子供を妊娠したとき、「新生児となると1日に10回以上おむつ交換が必要です」という情報を目にして1ヶ月のおむつ代を見積もってみたら、子供手当（月に約100ユーロ）がまるっと消えるやんと震え、エコでもない私が布おむつの導入を心に決めたという過去がある。

使ってみればゴミ捨てや在庫管理の負担が少なくなってずぼらな私には合っていた。

ティッシュはフィンランドではほぼ使わなくなった。そもそもペーパーナプキンのような質で使い心地もよくないため、さすがに風邪のときはスーパーセンシティブを謳《うた》っている（それでもざらっとした）商品を買って鼻をかむけれど、ちょっとしたものを拭くのにはおしぼり派になった。よって買いだめする心配もなし。

この国で暮らしていると自然とエコっぽい人になる。


肝心の仕事はどうしよう。

私はフリーランサーなので融通はきく。

夫は普通の会社員ではあるけれど会社がリモートワークを認めていて、作業用のパソコンも電話も会議用のマイク付きヘッドフォンも支給されている。もちろんＶＰＮ環境の整備だってきちんとされている。そうした方が従業員満足度も高いし、何より会社に全員分の席とデバイスとそのためのスペースを用意するよりコストもかからない。さらに自宅作業が認められている場合、家用に机や仕事関係のものを買うと税金が返ってくる。

会議はお客さんのところに出向くようなものでない限り、普段から積極的にオンラインミーティングが行われている。

余談だけれどフィンランドでは病欠によって有給休暇が削られることはない。地域の診療所に行って病欠が必要だと認められれば休めるし、子供が病気になって家での看病が必要な場合の休暇も認められていて、月給が減ることもない。有休はあくまでもホリデーに使うためのものだ。

今回コロナで学級閉鎖になった家庭の子も親が休業しなければいけない場合、社会保健省から給料が補償されるらしい。学級閉鎖自体珍しいので滅多に発効されることはないけれど、フィンランドにもちゃんとそういう法律があるのだ。よくできている。

ちなみに、自宅作業が珍しくないフィンランド、オンラインミーティングは通話のみが普通だ。

日本ではビデオ会議の背景や服装をどうしようなどという議論が生まれていて微笑ましかったけれど、私の感覚だとどうしてビデオ通話にするのかいまいちわからなかった。

なんなら言っちゃえば、こっちの人はパンツ一丁で上司と話している場合もある。あまり大きな声では言えないが、うちの夫もたいそうくだけた格好でコーヒーを飲みながら好物のチョコをほおばりクライアントと国際会議、なんてざらだ。

以前住んでいた地域では昼間に森に散歩に行くと、同じように散歩中のスウェット姿の人がマイク付きイヤフォンを着けて歩きながら喋っている姿をよく見かけ、すれ違ってしばらくしてから夫が「あの人あの会社のCEOだよ、たまにメディアに出てる」なんてこっそり教えてくれることもしばしばあった。

外で足を動かしながらミーティングをすると新鮮な空気で頭も冴えるし運動不足解消にもなるし一石二鳥、と考えるお偉いさんは多いらしい。

かくいう私たちもお互い自宅作業をしていて「ちょっと行き詰まったから森にでも行く？」と出てきた口だ。

フィンランドのことだからそのうちサウナの高温にも耐えられる会議用イヤフォンも開発されるんじゃないかと私は踏んでいる。

こう書くとフィンランドで休校騒ぎが起きても何も困らないじゃないかと言われそうだけれど、確かに個人的には牛乳以外の懸念はあまりない。そもそも内閣の支持率も政治の透明度も高いので信頼感もかなりあり、そんなにパニックになっていないのが現状だ。

ただしフィンランド初のコロナによる学級閉鎖に関しては学校全体ではなく一部のクラス（罹患者に接触した可能性が高い生徒たちのクラス）のみ閉鎖で、本当にそのやり方でいいのか疑問があがっていたり、休業補償はされるものの親たちのスケジュールの工面は必要だったりと、小さい範囲での混乱はもちろん生じている。

その後フィンランドでもコロナの感染拡大によって２０２０年5月、夏休みを目前に学校の授業が数週間リモートに切り替わり、保育園では自主休園が推奨された。

小学生の子供を持つ友人たちは子供の勉強を見ながらリモートワークをこなし、もしくは昼間は子供がいて仕事にならないので夜中にまで作業を持ち込み、大変憔悴しきっている様子だった。

幸いだったのは学校ではリモート授業の基盤ができていたことで、普段からオンラインアプリを使って宿題の管理などしていたため、生徒側も慌ててタブレットを揃えたりネット環境を整えたりする必要なく比較的スムーズにリモートに切り替えられたことだ。もちろん多方面からの不平不満問題提起などなど、は多々あれど、端から見ているとよくやっているなぁと感心したものだ。

私が予想したように牛乳が品切れになることはなかったけれど、日常品などパニック買いも一度起き、しかしそれっきりでなくなった。そのあとはみんな、海外渡航や飲食店の営業時間に各種制限はあれど、マイペースなものである。

たまにマイペースすぎてもっと危機感持って欲しいときもあるけれど、日本の人が海外の、特に欧州諸国の状況をニュースで見て「フィンランドは大丈夫ですか」と心配してくださるほど困ってはいない。揺らがないってある意味強いなぁと眺めている。

ピクニックでなぜにそんなにお酒を飲むのか

　ピクニックといえばサンドイッチや果物、水筒に入れた温かい紅茶、もしくは大人ならシャンパンを籐のかごに入れて出かけ、芝生の上にレジャーシートを敷き、ぽかぽか陽気の中それらを食べるというものだと私は思っていた。

　フィンランドのメーデー、現地語でヴァップ（vappu）は、ピクニックをするのだという。

　もともとヴァップは春の訪れを祝う日だったというし、5月なら暖かい日もないことはないし楽しそうじゃない、と思っていた移住後1年目の私に、一通の警告メールが届いた。

　在フィンランド日本大使館からで、そこにはざっくり要約するとこう書かれている。

「普段フィンランドの治安っていいけど、この日だけはみんな酔っ払って街に繰り出してハメ外すから気をつけてね！」

公式機関から酔っ払いに注意なんてメールをもらう日が来るとは予想だにしていなかった。

ピクニックだけでおおげさな、とメールを閉じかけて、ピクニックなのに酔うの？しかもハメ外すほど飲むってどういうこと？　と混乱し始めた。

こう言っては語弊があるかもしれないけれど、フィンランド人はどうやら酒飲みらしい。

らしいというのは私自身飲まないというか飲めないので、飲み屋に行くことは滅多になく、最近行ったバーといえば劇場併設のバーカウンターかジャズバーぐらいだ。よって酔っ払いの醜態を目にする機会もそうそうないから、伝聞でしかそれを知らない。

いや、本当は今住んでいる地域からそう遠くない場所に飲んだくれの聖地みたいなところがあって、昼間から酔っ払ってくだ巻いて集《つど》っている、お世辞にも小綺麗とは言えない人々を見かけることはしょっちゅうあるのだけれど、いたって健全な環境で育ってきた私には遠い世界の人に思える。

彼らは仲間内でもめて警備員がすっ飛んでくるような寸劇をしょっちゅう繰り広げてはいても、一般人を攻撃することはほぼない。私としては常に警備員や警察が巡回しているから、むしろその地域は安心なのだ。

ごくまれに週末の夜にメトロに乗るようなことがあるとやっぱり酔っ払いはいるけれど、日本の都会の週末、郊外に向かう終電間際の電車ほどゲロ臭くはないし、絡んでくる人もそうそういない。1人でブツブツ放送禁止用語を呟いている、もしくは叫んでいるケースがほとんどだ。

つまりフィンランドの酔っ払いは内向的なのだろうか。

フィンランド人女性の友人に言わせると、「フィンランドの男どもはパブで仲間内で飲んでいてもみんなテーブルを黙ってじっと見つめて、大ジョッキでビールを呷《あお》っては『人生はクソだ』ってボソリと呟くだけ。そしてまた飲み続けるの」とのことだ。

確かに酒に強い人は多い。私の周りでは、家飲みとなると500mlの缶ビールを1人5、6本飲んだ後にウォッカやワインなどに移行するという輩《やから》がゴロゴロいる。悲しいことにアルコールとそれに絡むその他もろもろが原因で離婚した人もいる。

酒を受け付けない体質の私が観察するに、みんなアルコール耐性がありすぎるのが問題なんじゃないだろうか。ビール程度じゃ顔も変わらないし寡黙さも変わらないので水みたいにごくごく飲んでいるうちに、急に酔いが回ってタガが緩むというか、ハメを外す自体に陥ってしまうのでは。

冒頭の、警告が出るほどのヴァップの話に戻ろう。

メインイベントは4月30日のイブ（vappuaatto／ヴァップアーット）の夕方、街中で始まる。

街の中心地にある銅像に大きな学生帽を被せるという伝統行事が各都市ではあり、人々はそれを見ようと集まってくるのだ。手にはプラスチック製のシャンパングラスを持っている人も多いけれど、物価の高いフィンランドで割高なアルコールの中でもさらにお高い部類のシャンパンだけでフィンランド人がお上品に酔うわけもなく、すでに安くて手っ取り早いアルコールでできあがった状態で街に繰り出してきている人多数なのは間違いない。

このイベントだけは肩と肩が触れ合うほどの混み具合で、今流行りのソーシャルデイスタンスやらフィンランド名物のパーソナルスペースも見られない。

そして銅像に無事学生帽が被せられると（これがヘルシンキの場合クレーンを使って大掛かりにやる）、集まっている群衆も各自持参した、自身が卒業したときに授与された学生帽を被るのだ。

これが終わると公式に春が訪れたということになり、祝日であるヴァップ本番にピクニックをする。

とはいえヴァップ前日、なんなら昼間からもうお祭り騒ぎは始まっているし、夜通しどこかで飲んで公園へのピクニックに流れる人たちもいる。朝になって出てきた子連れ家族もいるわ、すっかり黄ばんだ学生帽を被ったおじいちゃんおばあちゃんもいるわで、ごっちゃ混ぜとしか言いようのない混沌具合だ。もちろんピクニックでは、大人はたいがい飲んでいる。キャリアーにビールの箱を乗せてピクニックに繰り出す人も少なくない。

カラフルなものを飾る、纏《まと》うのがこのイベントの醍醐味のようで仮装をした人も多い。各学校では仮装パーティーなんてものも行われるのだそうだ。お揃いのつなぎを着た集団もいて、仮装だと思ったら大学生だったりもする（フィンランドには大学、学部ごとの公式ユニフォームのようなつなぎが存在する）。

そういった人々が色とりどりの紙テープや羽根飾りを纏い、風船を手にし、フェイスペイントを施し、親は子供にヘリウムガスの入った、手放したら飛んでいってしまうわりにしっかりしたお値段（露店で1000円前後）のキャラクターものの風船を買い与えたりして、ピクニックに出かける。ちょうど縁日のような混み具合といえばわかりやすいだろうか。もしくは花見のようなすし詰め状態。

他にもこのヴァップには揚げドーナツ、揚げ菓子、シマという名の発酵炭酸ドリンクでお祝いするという伝統もある。大晦日に登場したポテサラとソーセージも、またここで再登場、簡単に作れるということで伝統的な料理らしい。

我が家ではヴァップ飾りの工作を、不器用なくせに日本の節句と合わせて子供とどうにかしなければならないので、料理が簡単なのはいい。ありがとうフィンランド。ありがとう手抜き伝統。

最後に書いておかなければいけない。この春の訪れを祝うはずの日、なぜか一気に冷え込むことが多い。数年に1回はみぞれが降ったり雪がちらついたりと悲惨な天気の中、人々はコートを着込んででもピクニックを強行する。たまに快晴の年もあるけれど、今年の春はすでに暖かい日が奇跡的に続いていたので私はまたヴァップのみ冷え込むのをちょっぴり意地悪な気持ちで予想している。

こんなご時世だし公園にぎゅうぎゅう詰めのピクニックもしにくいことだろう。もういいよ、みんな家のソファでゆっくり休みなよ、と声をかけてあげたい。私も自宅の裏庭でのピクニックにする。

熱狂、炎上、発熱。サマーコテージの乱

これを書いている現在、北極圏のコテージで足止めを食らっている。車はなく、近くの町まで徒歩3時間ほど。食料はホテルサイズの小さな冷蔵庫に残っているのみ。というと北欧ミステリーの匂いが漂ってきそうだけれど、これは実際に起きている出来事である。推理小説のように豪雪の中じゃないのが救い。

季節は8月末。晩夏と言ってしまいたいところだが、フィンランドの夏の終わりは日本の秋の終わりぐらいに冷える。

今朝起きて窓から外気温計を覗いてみたら8度。お天気のおかげで昼間は15度近くまで上がったものの、冷たい風が吹いていて外に出るとむき出しの手が冷え、子供には薄い毛糸の手袋が必要だった。

そう、コテージに取り残されたのは私だけじゃない。よちよち歩きをし始めた第二

子も一緒である。

母ひとり子ひとり、かれこれ2晩をここで過ごしている。

まずはフィンランド人の伝統的夏の過ごし方、サマーコテージから軽く説明しようと思う。

フィンランドの休暇は長く、夏休みは1ヶ月ほど。そこで田舎にあるサマーコテージで何週間かを過ごすというのが、ステレオタイプな夏休みだ。

コテージの近くにはたいてい湖や海がある。サウナも付いているか別棟で建っている。電気が通っていないコテージもあるけれど夏はずっと明るいので問題ないし、料理やサウナは薪を使って温めればいい。

夏の週末、金曜日の夕方ともなるとヘルシンキから北の湖水地方へ向かうサマーコテージ渋滞が起こるし、その湖水地方にある大きなスーパーに行ったらこれまたコテージ用の飲料水を汲む水道に大きなタンクを持った人が並ぶ列もできるほどだ。ちなみにフィンランドで交通渋滞と言ったら「他の車が何台か自分の前にいる」を指す。流れが止まるのは事故が起きたときぐらい。

コテージでは、何をするというでもない。森を散策する、読書する、ボードゲームをする、ボートで湖に漕ぎ出す、サウナに入る、湖に飛び込む、バーベキューする、薪を割る。そんな感じ。

飲んだくれに行く人も一定数いるらしく、スーパーでコテージ休暇に行くらしき人のかごをちらっと見てみるとよくわかる。大量の食料品、オートミール、缶詰、などの他にビールやロングドリンクの箱をいくつも積んでいる人も多い。

ちなみにコテージ自体は日本の別荘みたいに高くなく、山小屋のようなものから電気水道ヒーター完備の第2の家みたいなものまであるため、お金持ちでも普通のサラリーマンでも持っている。親から受け継いだという人も多いし、親戚共同で買いました、というような話も聞く。ピンキリだけど数百万円から買えるようだ。

なので我が家でもコテージ買っちゃう？　などと冗談半分にたびたび話題にのぼるのだけど、旅行大好き夫が夏の間フィンランドに留まるとは思えず、買っていない。たぶんこの先もよっぽどのことがない限り買うことはないだろう。

そこへ今年、夫の会社の福利厚生で、全国に数ヶ所あるサマーコテージの中から週単位で安く借りられますよというお誘いがきた。日本の古き良き保養所文化のようなものだ。

どうせ今年は国外に出にくいし、と、フィンランド国内でもまだ行ったことのないエリアのコテージを選びはるばる出かけることにした。

ヘルシンキから車で北へ計8時間。

子供を連れてそんな長旅はできないので途中にある夫の実家で1泊し、さあここから一気にコテージのある街まで北上するぞ、とドライブしていると、どうも途中停車するたびにガソリン臭い。

そういえばガソリンスタンドで給油した後も変な臭いしてたっけな……。なんだか嫌ぁな予感がして、その場で「車 ガソリン臭い」と検索をすると、「オイル漏れだとしたら火災の原因にも。走り続けると危険」などと不吉な結果が出てきて、頭の中はハリウッド映画のごとく火煙がもうもうと立ち込める絵に。急遽高速を降り車を停めてもらった。

結果、予感は的中。オイル漏れでした。

というのも前日に整備から返ってきたばかりの夫の車。あろうことか交換した部品が運転中に緩み、オイル漏れへと繋がったのだとか。

幸いにも停車したのは地方都市。メーカーのサポート保険もあったので、レンタカーとレッカーを手配してもらい乗り換え、そのまま旅を続けることにした。子供は本でしか見たことのないレッカーを間近にし、しかも代車で来たレンタカーがうちの車より大きかったので大喜び。あー、よかったよかったねー。ははっ。……いや、全然よくない。

もちろん整備不良をやらかしたメンテナンス会社に追加修理の費用は出してもらったけど、レンタカー待っている間の無駄な時間とか、旅程の遅れとか、危うく家族全員車両火災で死ぬところだった精神的ダメージ分とか、お詫びの一言もされていないので全然腑に落ちていない。私は普段クレームをつけるタイプじゃないけれどこの件に関しては夫に強く、「ちゃんと公式に文句言っておいて」とお願いしておいた。

そんな珍道中でようやっとたどり着いたコテージは、小さいながらもサウナ付き、暖炉付き、キッチン付き、床暖房完備、もちろん湖畔となかなかに贅沢で、さあこれから1週間コテージライフ満喫するぞー、珍しくゆったりした休暇を送れるぞーと、気分が上がってきた。

ところが、長旅が祟ったのか第一子が熱を出したのである。

ここからが、ああここフィンランドだった……と遠くを何度見たかわからない旅の、真の幕開けとなる。続く。

子供が熱を出した。まあ、幼児にはよくあることである。

これが自宅でのことなら解熱剤を飲ませて寝かせ、必要があれば地域の健康センターに電話をして予約を取る。

健康センター（terveyskeskus）は各地域にある公立の診療所であり、怪我でも病気でも最初に診てもらうところである。自分の担当の主治医がおり、その医者でも解決できない場合は専門医や大学病院への紹介状を書いてもらって予約を改めて取ることになる。

しかし、第一子が熱を出したのは旅先、しかも北極圏のコテージでだった。辺境も辺境。診療所のある近くの町まで車で15分。

解熱剤は飲ませたものの、いつもの気管支炎の症状が出てしまった。高熱が出るとその後数日にわたって咳が出るのは私も同じである。運悪く、気管を広げるための吸引薬は持ってきていなかった。

子がぜいぜいと苦しそうなので、この地域の診療所に夫が車で連れて行くことにした。私は第二子とコテージに待機。

送り出したとき、可能性は低いものの一応流行りの感染病の検査を受け、吸入薬でも投与してもらい、帰ってくるものだと思っていた。田舎とはいえ車でわりとすぐのところに診療所があってよかった、と安堵までしていた。子供自身も元気だったし。だけど診療所で診てもらったところ、インフルエンザやいま流行りの感染病ではないものの呼吸が不安定で血中酸素濃度が低いため、ひと晩病院での治療が必要だと言われてしまったのだ。

これがヘルシンキの自宅でなら、病院は市内にあることも病院で、家から車で20分ほど。公共交通機関でも行ける。

それが、だ。

第一子が行かなければいけない病院というのは、２５０㎞、車で3時間離れた街にあるというのだ。

このとき私たちがいたのはフィンランドの東側。ロシアとの国境はすぐそこ、というような場所だ。それを国土を横断して西端の海辺の街まで行かなければいけないという。たったひと晩の入院のために。

そんな長旅、途中で子供の容態が悪化したらどうするんだろうと疑問に思う暇もなく、ご丁寧に救急車で搬送してくれるという。ちなみに本人は意識もあるし歩ける。

幸いフィンランドは平坦なので、100㎞＝1時間強でたどり着く。それにしても、だ。

ああこれが噂に聞いていた地域格差か……と、闇を覗き込んだ気持ちになった。

フィンランドの医療費はタダ、と誤解されている。

本当のところそれは公立の診療所に通うのはタダで、その先で紹介されていった病院では内容によっては料金がかかるし、子供でも日本とは違い薬代はかなりしっかりとかかってくる。入院代も然り。

それでもすべての国民が、必要があると認められればとりあえずは診療所の医者に診てもらえるのだから、他の国よりはいいのかもしれない。

しかしそのおかげでか予算が足りずここ数年フィンランドでは、病院を統合しまくっているのである。

例えば、とある市では病院内の産科を残すのに「特別な許可」が必要だった。年間1000人以上生まれていない病院は近隣の市町村の病院と統合すること、というお達しが社会保健省からあったからである。その近隣の市というのが車で2時間離れているのだからたまったものではない。それも過疎地の話ではなく、国内の人口ランキング20位以内には入る市である。

また産科の残せなかった市や街、もしくはもともと過疎地に住む妊婦は、予定日が近くなったら産科のある街に数週間滞在する、というような話も新聞に出ていた。もちろんその滞在費は自己負担。

産科以外にも、病院で少し詳しく診てもらおうとすると2、3時間、高速バスや車で出かけていかなければいけないというのもフィンランドの都市部以外ではよくある話である。

結局のところ、病院の設備や人員を確保するよりもその都度救急車で運んだ方が、

１００㎞単位で離れていたとしても安上がりなのだろうけれど、産気づいて3時間運ばれるとか、脳梗塞で倒れて3時間運ばれるとか考えただけでそら恐ろしい。

実際夫が子供を乗せた救急車について行く道中、その２５０㎞離れた「最寄りの街」から戻ってくる空の救急車を３、４台見かけたという。

地方では過疎化が進み都市部では住宅不足で困っているというのに、そんな事実があるなら誰も地方には住まずますます過疎化が進むだろう。私もどんなに空気が綺麗でも田舎には住めそうにない。


そうやって我が子が幼児にしてフィンランドの医療の闇に翻弄されている間、私はというと、コテージに閉じこもっていてもしょうがないので、第二子と湖畔を散歩したりトナカイを目撃、激写したりしていた。

運転免許を取得していないし第一２台目の車もないので買い物にも行けず、初日に買い込んだ食料だけでどうにかやっていく必要があった。

次回はサバイバルなコテージライフに話を戻します。続く。

まさかのサバイバル。with トナカイ

フィンランドのサマーコテージでの代表的なアクティビティといえば、飲んだくれる酔っ払いたちを除いたら、やはり森に入ってのキノコ狩りやベリー摘みだろう。白樺の樹皮を編んだかごを持って鳥のさえずりを聞きながら木漏れ日溢れる森を歩き回るなんて、自然の恵みによる癒し効果満点だ。

しかし、私がコテージに到着して3日目、森に分け入ったときはそんなに優雅じゃなかった。

2日目に上の子が入院し夫がそれに付き添い、私は歩き始めたばかりの第二子とコテージに残ることになった。その時点ではひと晩限りの入院だと思うから、と何も準備せずに夫たちを送り出したのだ。

子供の入院に付き添う大人1名以外の家族、つまり私や下の子もついていく場合、

病院指定の近くのホテルを安く借りられる制度がある。入院が長引けばそれもありかなと思ったけれど、なんせコテージにも1週間分の宿泊費を払ってしまっているし、通常のホテルの部屋でよちよち歩きの子が歩き回るリスクと騒音を出す可能性を考えたら、コテージの方が安全な気がして私は残ることにした。さらに私のように家族が取り残されて食料調達などの困難が生じる場合、社会保健省のサポートで食事デリバリーも有料だが頼めるのだそうだ。それ利用する？　と私が辺境のコテージにいる事情を知る病院のスタッフに聞かれたのだけれど、そんな本当に困っている人向けのサービスを使うなんて恐れ多くて遠慮しておいた。

ところが、上の子の入院がひと晩ではなく延びることになった。

本人はいたって元気で、こども病棟の至れり尽くせりなおもちゃやゲームを試しまくり、ムーミンを時間制限なく視聴しまくりと入院ライフをかなり楽しんでいる様子なのだけれど、やはり呼吸器系だけがいまいちでもうひと晩かふた晩様子を見ることになった。

となると、少しこちらの雲行きが怪しくなってきた。

滞在2日目にしてコテージに取り残されたときは、引きこもっていてもしょうがないしお天気もいいし、と第二子を敷地内にある公園に連れて行って運動させたり、湖畔を散策してベリーを見つけてははしゃいだりしていた。優雅なものである。

それが3日目の午後に入院が延びたと夫から知らされたときは、冷蔵庫の中に残っている食料を再点検してあと何日やっていけるか指折り数え始めた。

冷凍ピザが1枚。古くて固くなりかけたパン、卵。牛乳は子供用。ステーキ肉。出来合いのキヌアサラダが2食分、生野菜と果物が少し。

子供の離乳食だけはたっぷり持ってきたのでそこは心配いらないものの、ビタミン不足が気になる。

私は抱っこ紐に子供を入れ、タッパーを摑んで森へ繰り出した。

森と言ってもコテージのすぐ裏手、徒歩20秒で湖畔の雑木林に出られる。そこにベリーがびっしり生えているのを確認済みだった。さらに運のよいことに晩夏、まだぎりぎりブルーベリーとリンゴンベリー（コケモモ）のシーズンだった。

次の日から雨が降るという予報だったので今日しかない、と思い、私はブルーベリーを一心に摘み始めた。

旬が終わりかけのブルーベリーは、採ろうと指を伸ばすとぽろぽろとこぼれ落ちる。ひと粒を採るとその反動で同じ枝のものが地面に落ちていく。拾えばいいのだろうけど、なんとなく用心して落ちたものはそのままにした。周りを見渡すとじゅうたんみたいにふわっふわの苔の上にもブルーベリーがたくさん落ちているので、雨で落ちたかトナカイやウサギが食べに来たかしたんだなぁと地面を読むのが楽しかった。空想するまでもなく動物たちのフレッシュでちょっと臭い痕跡はあちこちに落ちている。

抱っこ紐に入れた子の体重は10kgを超えていてしゃがみこむと膝がプルプルするし、その子がブルーベリー大好きで採るたびにせがむので、次々に口に放り込んであげる間にようやっとタッパーにひとつふたつ入れることができる、といった具合でとても時間がかかる作業だった。リンゴンベリーも入れてミックスベリーソースにしてステーキに添えようと思ったら、こちらの方はまだ熟れきってなくてほぼブルーベリーになったのも計算外だった。

それでも、だ。小一時間でなかなかの収穫になった。

キノコもそこかしこに生えていた。私はキノコ採りに行ったことがなく毒キノコに当たるのが怖い。いつも現地の友人に「わかる人と一度行けばすぐわかるようになるわよ」と誘われるのだけれど、毎年シーズンに新生児を抱えているか旅行でフィンランドにいないかで行き逃していた。残念、知識さえあれば食料にできるのに。トナカイもコテージの周りにわんさかいた。これに関しても狩猟さえできれば……と完全に食料を見る目でトナカイを追っていたのだけれど、よく観察するとトナカイの首や耳にはタグが付けられていたので、近くのトナカイ牧場で放し飼いにされているのが流れてきていただけで、たぶん、食べたら怒られる。そりゃもうこっぴどく。ブルーベリーによく似た実をつける植物も見つけて、よく調べてみたら毒ベリーリストに載っていた、ということもあった。

危ない。素人がうかつにサバイバル生活気取りするもんじゃない。

すごすごとコテージに帰ってベリーをことことと煮、砂糖もないものだからただ煮詰めただけのよく言えばシュガーフリー、オーガニックな北極圏の恵みベリーソースを、古いパンをパンプディングにして蘇らせたものにかけて食べた。ビタミン補給完了。

国立公園なめてました、すみません

さて、以前から風邪のたびに気管支炎っぽい症状を起こしては医者に「喘息になるかもね」と言われつつなかなか認定されないままだった我が第一子。

コテージで体調を崩し入院したのをきっかけに晴れて喘息認定され、元気すぎる入院から笑顔で帰ってきた。最後の日はもう病院のおもちゃにもゲームにもムーミンにも飽きてベッドの上で跳ね回る勢いだったそうな。それ退院じゃなくて追い出されたのでは……と普段の様子を知る親としては病院側を心配してしまう。

運よくその日と次の日は雨。旅行中に雨なんていつもなら残念がるところだけれど、天気を口実にあらゆるアクティビティをお休みすることができた。なんせ小児喘息というのは子供のエネルギーだけは有り余っているのにちょっと運動するとぜぇぜぇ言い出す厄介な病気だ。お天道様のお力添えでもない限り子供を留まらせるのは難しい。

何もすることがないので昼間からコテージについているサウナに入って蒸気を肺に入れたり、最寄りの町の冴えないお土産物屋さんに車で出かけて行って冷やかしたり、トナカイのひき肉を買ってきて調理したりして過ごした。

ちなみに日本の皆さんは疑問に思うかもしれないが、サウナには子供も入る。大人が入るときより若干温度を低く設定しておくとか、そのときだけ少し扉を開けておくとか多少の手加減はするけれど、なんなら乳児でも入る。公共のプール付属のサウナで赤ちゃんに授乳しているお母さんを見かけたこともあるし、うちの子たちも例外ではなく生後数ヶ月のときから親が入るついでにちょこっとずつサウナに足を踏み入れて慣れさせてきた。

保育園児である上の子はロウリュ（水を熱いサウナストーブにかけて蒸気を立たせるの）が大好きで、いつもサウナサウナとせがみ、入ったら大人顔負けにがんがん水をかけ温度を上げていく。

この日も病み上がりであるからこそ、蒸気をたっぷり浴びてご満悦だった。

そんなコテージ滞在も残りわずかとなった日、いよいよお日様が戻ってきてくれたのでトレッキングに出かけることになった。

そもそもヘルシンキから車で8時間も北上してきたのは、この一帯にいくつかある国立公園が目的だったのだ。ようやく第二子も抱っこ紐で長時間おんぶできるようになったし、上の子用にもごついDeuter製のキッズキャリーがある。2人をそれぞれ背負ってトレッキングでもしようじゃないか、そしてこの辺の国立公園を制覇しようという計画だった。

私たちは海外旅行も好きだけどフィンランド内の国立公園巡りも趣味としていて、いつかは40ある公園全制覇するぞ、とのんびりと家で地図を眺めていたりするのだ。

今回は日程的に近隣すべての国立公園に出向くのは難しくなったけれど、子供に新鮮な空気を吸わせつつ軽く散歩程度のトレッキングができれば、とコテージから一番近い、車で片道1時間ほどの公園を選んだ。ここは平坦なフィンランドにおいて珍しく峡谷と吊り橋のある公園だ。

今年の夏はみな海外旅行ができず首都圏付近の国立公園に駐車場空き待ちの行列が

できたと聞く。この北の辺境にある国立公園も例外ではなく、夏休みの混雑対策に作られたのであろう真新しい駐車スペースがあった。私たちが訪れたのは夏休みではなく学校もとっくに始まっている8月末ではあったけど、平日のわりにだだっ広い駐車場は半分ほどが埋まっている。ほう、そんなに人気なのかここ、と最初はのどかに見渡しつつトレッキングの準備をした。

トレッキングシューズに履き替える。子供たちが途中でごねないように先におやつを食べさせる。おむつを替える。トイレへ行く。快晴で気温が上がってきたので上着を1枚脱ぐ。そうしてようやく抱っこ紐を背中に装着し10kgの第二子を背負う。もっと重たい第一子は夫の背中へ。水や軽食などの必需品もキッズキャリーのポケットにすべて収納して家族4人、歩き始める。

国立公園には通常いくつかトレッキングコースがあるものなのだけれど、私たちは吊り橋が少し見えればいいよね、と一番峡谷へと近いコースを選んだ。それが仇になった。

なんというか、峡谷というぐらいだからよく考えれば当たり前なのだけれどハードなのである。登り坂。それだけならいい。しかし連日の雨で足元はぬかるみ、行く手を阻む小川は水量が増えて飛び石の上を跳んでいかなければいけない。ようやく峡谷が木々の向こうに少し見えたところでは激しいアップダウンもあり、登山杖が必要なほどだった。登山杖、もちろん持っていますとも、自宅にね。はい、置いてきたんです。

その先も険しい道と落ちたら絶対に命はないであろう崖っぷちが続いており、子供を背負いながらではうっかり転ぶこともできず、結局私たちは肝心の吊り橋を見ないで引き返すことにした。峡谷は見えた。それだけでも良しとしよう。

あとからよくよく調べてみると、そのコースはこの国立公園で一番ハードとされているものだった。だからこその人気ぶりだったのだ。いくつかフィンランドの国立公園を回ったけれど、ここまでハードなものはなかなかないから、きっと上級者に人気なのだろう。

諦めるのも大事、いさぎよし！　と夫婦でお互いに励ましながら道を引き返して、途中、その辺に生い茂っているブルーベリーを摘みだしたら子供たちが大喜びした。

ブルーベリーならコテージのすぐ裏にも生えている。なんならヘルシンキの自宅の近所にだってたっぷりある。何もここまで来て……と内心とほほとしたものの、子供たちがもっともっととせがむのを見ていたら、そうだ、我々にはブルーベリーがあるじゃないか、と元気が湧いてきた。森の恵み、ありがたし。

というわけで再び重たい子供を背負って茂みに顔を埋めるようにひたすらベリー摘みに励んだのである。コテージライフの楽しみ方としてはたぶん、これでかなり正しいはずだ。

野放しのクマさんに出会った

トレッキング目的で滞在した晩夏の北極圏にて子供が体調を崩したとなると、はっきり言って、やることがない。

これがオーロラ目当ての観光客集まるロヴァニエミだとかサーリセルカなら、悪天候対策に室内アクティビティも用意されているのだけれど、なんせもっと辺鄙《へんぴ》なところに泊まってしまったため、近場でできることが少ないのだ。湖の水はとっくに冷たくて泳げやしないし、近くの町はアルペンスキーで有名だけどもちろん雪は積もっていない。その代わり山を楽しみましょうとマウンテンバイクの貸し出しならしているものの子連れでは難しいし、そもそも山で育った私がなぜわざわざお金を払ってまで自転車で山に分け入らなければいけないのか。実家に帰って高校時代の通学ルート(家がある山を降りて高校のある別の山を登る計7㎞)をなぞれば絶対このフィンランドのなまっちょろい山を攻めるよりいい運動になるはずだ。

仕方がないから、クマを見に行くことにした。

フィンランドにもクマがいる。私はクマに別段詳しくはないが、茶色い、ヨーロッパヒグマと呼ばれるものらしい。

そしてどういうわけだかフィンランドの中央部には、クマを見るというアクティビティがいくつか存在する。

数年前、日本から友人が遊びに来た際にはそのクマを見るツアーに参加した。

ツアーといっても大型バスに乗るんじゃなくロシアとの国境近くまで自分たちで車で出かけていき現地集合する、ほったらかしツアー。

農家の小屋のようなところでチェックインし、料金を払ったらサバイバルグッズの入ったリュックをもらい、レンタルの長靴に履き替える。

それからリュックを担ぎ担当者、他の参加者とともに数分、森を歩いていく。10分ほども歩いたところで、小さな小屋が点在している森の中のちょっとした広場に行き当たる。

「君たちはここの小屋ね」と言われあてがわれた小屋に入ると、外から鍵をかけられる。閉じ込められるのだ。

小屋の中にはビオトイレ、ベッド、小さなガラス窓、穴の空いた壁があり壁際に腰掛けられるよう椅子が用意されている。それからサバイバルグッズの中身はサンドイッチ、ビスケットとコーヒー、紅茶、緊急時の連絡用無線。

これから軽食でも摂りつつ穴から外を覗いてクマでも見なよ、でも危ないから絶対勝手に出ないでね、というアクティビティなのである。

私たちが選んだのは5、6時間滞在のコースだったけれど、寝泊まりするコースもある。時間が来ると、担当者が迎えに来ておしまい、また森の中を歩いて帰っていく。

果たしてそんなんでクマが見られるのかというと、見られる。

というか自然の中で生息する野生のクマをひっそり眺める、というのがこのツアーの醍醐味なはずなのだけれど、小屋の窓に面しているちょっとした広場に係の人が生鮭やら生肉やらを置いていくため、クマたちも知った顔でそれを食べに来るのだ。

よくできた、というか、よく作られたツアーである。しかもいいお値段する。

それでもそんな間近に、しかも安全にクマを見る機会はそうそうないため、人生で一度ぐらいは参加するのも悪くなかったなぁと思う。

が、ここへ来てまたクマだ。

泊まっていたサマーコテージから車で行ける範囲内に、クマ牧場のようなものがあり、間近で見られるという。

そこにはなんと、ヨーロッパで一番大きなヨーロッパヒグマがいるらしい。欧州最大！

と盛り上げてみたものの実は私、そんなに動物に興味がない。

なんというか動物をかわいいと愛でる習慣がない。ひとり暮らししていた頃から生き物を連想させるぬいぐるみでさえ部屋に置くのが嫌で、子供ができた今も場所ばかり取るぬいぐるみは無駄だと思っているほどだ。動物も飼うつもりはまったくない。

クマも茶色だの黒だのいるのだろうけど白クマの小さいのはかわいいかもね、という程度で大して熱狂できない。

そんな低いテンションで、他にやることがないから仕方なくクマ牧場に行った。入場料は大人1人15ユーロ。子供たちは未就学児なので無料。安静が必要な子供をベビーカーに乗せたまま楽しませる、という点では妥当な出費だ。

牧場と言ってみたもののトナカイ、なんかレアらしい狼に近い犬、オオヤマネコ、などが大きな柵の向こうにいて、係の人の説明を聞きながらぐるっと敷地内を回っていく、というツアー形式での見学だった。

でもよく考えたらトナカイもキツネも、その辺の道路にゴロゴロいる（キツネはたいていご臨終している）。犬猫は動物好きじゃなきゃあまり区別がつかないし、なんせこの日はあいにくの小雨でなかなか隠れ場所から出てこない。

わざわざ見たいのはやっぱりクマぐらい。

その肝心のクマは、最後にいた。

全部で4、5頭いただろうか。係の人が野菜などの餌をパッケージごとやると器用にビニールを剝《む》き食べていた。餌がもっと欲しいのか愛想を振りまいているのがなかなかかわいらしかったのだが、売り文句である一番大きなクマ、が自分の小屋から出てこない。

一緒にツアーを回っている小学生の遠足グループがいたので、順番に写真を撮ったりクマに関する説明を聞いたりして10分近くはその辺にいたのだけれど、一向に出てくる気配がなかった。

これ、本当に欧州最大のクマとやら、いるんだろうか……。もしかして前にはいたけど死んでしまって隠して商売しているのでは……。

そういえば雨で出てこないと説明のあった犬猫も同じ感じで……と疑い出したらキリがなく、でも結局巨大クマを見たところで「大きいなぁ」くらいしか感想は出てこないのだろうな、と見切りをつけたあたりでツアーは終了した。


ちなみにフィンランド人、「欧州で一番」とか「世界で一番」が大好きだと思う。

幸福度世界一ぐらいなら誇るのもわかるけど、コーヒーやキャンドルの消費量、政治の透明度、言論の自由度、などから世界最北のメトロ、世界最北のマクドナルド(今はロシアに座を奪われる)などそんなものまで一番をえばらなくても……とこっちが苦笑いしてしまうようなものまで、日常会話に出てくる。

正直最初はいちいち、ほう、と頷くのがめんどうであったけど、別に彼らは競争心が旺盛というわけではない。むしろ自分たちを小国と自覚・自虐しているゆえの「それでも僕らはすごいんだ!」という愛国心のようなものが垣間見えて、最近は小さな子供が誇らしげに絵を見せてくるのに接するように「へえ、そうなんだねぇ」と菩薩の心で自国自慢に付き合うようになった。

なおヒグマは、ヘルシンキ市の動物園にもいる。わざわざ遠くまで行かなくても見られるというオチ付きだ。

というわけで次回は動物好きでない私が、どうしてだか動物園に足繁く通うことになった経緯を語ります。

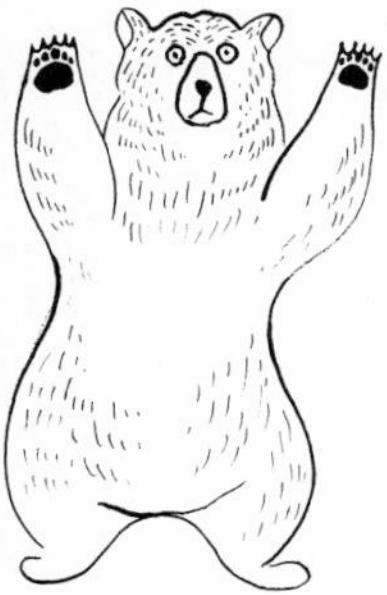

野放しの動物、野放しの子供

年間パスポート、というものを私が生まれて初めて手にしたのは、大人になってから、それも動物園でだった。

テーマパーク好きでも動物好きでもない私は、自分がそんなものを買うことになるなんて想像もせずに生きてきたけれど、ここは言い訳させてほしい。

ヘルシンキの動物園「コルケアサーリ（Korkeasaari）」は、すごいのだ。

年パスを購入してからというもの、月に一度は訪れている。

この動物園、何がすごいのかというと、まず市の中心部から近い。中央駅からバスやメトロで20分とかからずアクセスできるし、夏は有名な観光地であるマーケットスクウェアやハカニエミマーケットから船一本で来ることができる。

船アクセスというのはつまり島にあるのであって、小さな島全体が動物園になっている。それも自然もそのまま残されているので、動物園に来たというよりは森林浴に来たような気分になれる。

それから私が気に入っているのは動物を見ないでも楽しく過ごせるところだ。

いや、別に見たくないというわけではない。

でも小さい子供を連れていると、これを一緒に見ようと思っていても途中でお腹が減ったり、おむつ替えをしたり、どんぐり拾いに没頭したり、疲れたり、飽きたり、と時間が過ぎていく。

そんなときでも、この動物園には動物はもちろんのこと、子供の遊び場数ヶ所、公園全体に砂を敷き詰めたような大きな砂場、それから森の中を歩ける足場、あたりを見渡せる展望台なんかが用意されていて、動物なしでも楽しめる。

加えて道も広く造られておりベビーカーも楽々通れるし、足元のおぼつかない子供も安心して歩き回れるのだ。

我が家は実は、動物を見る以上に子供を放すために連れて行っているようなものだ。

動物園の名前である「Korkeasaari」は直訳すると高い島、であり、園内には起伏がある。道は舗装されているものの、岩場や森、階段、坂道、芝生と子供がずんずん歩いていくと追いかける大人にもいい運動になるし、遊び場で足を止めて子供も満足するし、1日の終わりには疲れて夜ぐっすり眠ってくれるしと大助かりである。

さらにフィンランドらしいなぁと笑ってしまうのが、バーベキューができるスペースも園内数ヶ所にあるのだ。自由にソーセージやマシュマロなどを持ち込んで焼くことができ、もはや動物園というよりは森林公園の域だ。

もちろん園内にはレストランやカフェもあるし、ベンチなどの座るスペースはいくらでもある。

日本でも一度子連れで都内の動物園に行ったけれど、平日なのにどのベンチもお年寄りに占拠されていて座る場所を見つけるのが難しかった記憶がある。

動物を見に行けば、なんの目的でだかすべての動物を丁寧にデジカメ（スマホではない）で撮っていくおじいちゃんが一定数いてなかなか動物が見えない。そういうデジカメじいちゃんは、こちらではあまりお目にかかったことがない。この違い、なんでだろう。文化の違いなのだろうか。ときどき思い出しては考えてしまうのだけど、いまだにわからない。

こっちの動物園にももちろん、シニアはいる。近所からジョギングや散歩に来ました、というようなやけに軽装な大人のカップルもいる。

しかし動物を前に写真をたくさん撮っているのは子連れか外国人観光客ぐらいのもので、大人は動物を見て静かに会話しながら次へ行く。動物園が身近にありすぎてわざわざ写真を撮ろうとはならないのだろうか。それともプロが撮った写真の方がいいと割り切っているのだろうか。

話を戻してヘルシンキの動物園。

もうひとつの特徴として、その辺を孔雀が自由に歩き回っている。森から遊びに来たリスが鳥に与えられた餌を盗んでいたりもする。動物の檻ひとつひとつをじっと見ていられない小さな子供でも、自然と動物に触れることになる。

動物園の花形とも言える派手な動物、キリンやゾウはいない。しかし広い園内にはクマ、トナカイ、ラクダ、ラマ、ヘラジカ、イノシシ、ヤギ、猿、鳥類、レオパードなどがいる。

前述の通り子供は脱線しがちだけど、年パスで何度でも来られるので、今日はこの動物だけ見られればいいよね、とターゲットを絞ってゆっくりすることにしている。

平日にちょっと寄ってもいいし、休日の半日だけ使って、コーヒーとシナモンロールを持ってピクニックしに行ったっていい。

そんなわけで最近は事あるごとに訪れているけれど、そういえば園内のベンチでのんびりしたり子供を追いかけたりしてばかりなので動物をしっかり見た記憶がない。

別に動物好きでもない私には、そのぐらいでいい。

なぜに甘い米を食べるのか

今の時期、4月から5月にかけてのフィンランドは驚くほど美しい。目に見えて日が長くなっていくのにつれて白樺が葉を出し、芝生は緑付き、花は雑草も野草も桜も水仙も一度に咲き乱れる。まるで長い冬の間うっかり眠っていたのをみんなでごまかして歌っちゃおうぜ、というような風情だ。そんな植物たちを、白夜が近づくゆえに夜9時過ぎまで数時間も続く西日が柔らかく横から照らしていく。

夏のフィンランドも爽やかで最高だし、冬もよその国から来たら見ものだけれど、私はひそかに今の季節も楽しみにしている。この、名前のつけようのない美しさ。世間的には芽吹きの春で、ちょっと日でも照れば暑くてフィンランド人的には半裸になっちゃう、初夏の予告編みたいな季節。

この頃になると、我が家では収穫祭の準備を着々と始める。

我が家の裏手には自治体住民に割り当てられた各10平米ぐらいの畑があり、自由に植物を育てられる。私はガーデニングに関しては素人だけれど、幸運にも前の住民が植えていったいちごと赤すぐり、黒すぐり、グースベリー、ルバーブがもとからあり、庭にはサクランボとリンゴの木まで植わっている。食べられないバラを引っこ抜いて自分たちで実験的に植えたブルーベリーとラズベリーもある。

それらはびっくりするぐらい手間がかからず、ちょっと雑草を抜くだけであとは勝手にすくすくと育ってくれるのだ。本当に、すくすくと。

そして今一気に葉を出し、枝を伸ばしていっているのと同じように、一度に収穫時期がやってくる。6月から7月にかけては毎日ジャム工場かってぐらいに恐ろしい量の砂糖を使ってそれらを煮詰めてジャムにしたりジュースにしたりパイにしたりと祭並みに忙しくなるので、今の時期から冷凍庫のスペースを確保する必要があるのだ。

都合のよいことに夏はバーベキューやら子供のお誕生日会やらで人が集まる機会があるので、そういったときに収穫物を惜しみなく出すことも忘れない。

去年はルバーブで作ったピンクのレモネードをどんと中央に据え、自家製ジャムを味わってもらうべくお米のプディングを用意した。

ホームパーティーの準備はいつも忙しい。

パーティー慣れしているならともかく、うちには子供関連のイベントぐらいでしかゲストが大勢集まるということもないので、年に1回か2回しか振るわれない本気料理の腕を振るうことになる。市販品を並べても誰も文句は言わないのだろうけど、我が家のゲストの中には小麦粉、牛乳など各種食品アレルギー持ちが揃っていて、自分で作った方が安心なのだ。

去年出産後1ヶ月でゲスト15人分の料理をすべて作ったときは清々しい達成感と共に、もうパーティーなんてやらないという腹の底からの強い決意を固めたけれど、2段重ねのケーキを2台焼いて、手作りのクッキーや軽食も用意し、精魂尽き果てかけたときに大量のジャムを食べていってもらおうと米を煮出した私は正しかった。

甘い米なんて食べられなーい、と言う日本人は多い。私もそっちの部類だった。

今でもクリスマスの朝にフィンランドで食べる、米を牛乳で煮てシナモンシュガーをかける甘ったるいやつは苦手だし、体が朝から塩っ気を欲するのでミルク粥

(Puuro／プーロ）だけの朝食もうちではやらないけれど、それを冷やすとあら不思議、名前まで変えておいしいデザートになるので試してほしい。

店でも米バージョンだけでなくオーツ麦、セモリナ粉のバージョンが売っていてジャムがついている。

家になんにもないときでも米と牛乳とジャムさえあればできるので、日本でもフィンランド料理としてたまに作っていた。我が家では小麦アレルギーのゲストが来るときの、口直し用デザートとしてもたまに登場する。

砂糖を入れないので口当たりも軽く、上にかけるフルーツやジャムによって季節感も出る。私はもっぱらジャムを食べてもらおうと自家製の酸っぱいルバーブやチェリー、ベリー類のジャムを使うことが多いけれど、秋ならリンゴをシナモンと煮てかけるのもおいしいし、マンゴーなど南国系のフルーツソースをかけても合うと思う。

お米のプディング（Riisifrutti／リーシフルッティ）レシピ

【材料　2～3人分】

米　０・５カップ
水　０・５カップ
牛乳　２・５カップ
あればバニラビーンズ、バニラエッセンス
好きなフルーツ、ジャム　適量
※カップは米用（１８０ml）のものでも料理用計量カップ（２００ml）でも。要は米と同量の水、米の５倍の牛乳でできる。

【作り方】

１　鍋に米と水を入れ中火にかける。
２　米が水を吸ったら牛乳を入れ、弱火でかき混ぜながら米が牛乳を吸って柔らかくなるまで煮て、あればバニラビーンズやバニラエッセンスを入れる。
３　グラスなど適当な器に入れて冷蔵庫で冷やしてできあがり。ジャムやフルーツをかけて食べる。

牛乳の一部を生クリームに変えるレシピもあるけれど、おすすめは低脂肪ではなく脂肪分の高い牛乳を使うこと。牛乳と米の旨味だけで充分甘くなる。

ちなみにこの米粥をライ麦の生地で包めばフィンランドの伝統料理カルヤランピーラッカに、卵と混ぜて焼けば粉いらずのパンケーキにもなる優れもので、フィンランド料理には米が意外にも頻繁に登場する。

パンケーキの話はまた長くなるので次回。

米は甘いがお米のパンケーキは甘くない

　フィンランドに来てからお菓子作りのハードルがぐんと下がった。計量がとにかく楽なのだ。

　秤が必要なことはめったになく、レシピに記載されている分量は粉類も液体もＤＬ（デシリットル）表記、つまり水が１００ml入るＤＬカップで計量が済んでしまう。たまにグラム表記の材料があってもバターならパッケージに50ｇごとの目盛が入っているし、イーストも50ｇの生イーストを丸々使うか、半分使うかの２択が多い。材料の記載順は使う順になっていて、上から「牛乳２ＤＬ、イースト50ｇ、卵１個……」と量ってはボウルにぽんぽん放り込んで混ぜていくとできあがるという具合だ。

　お菓子作りというのは繊細でボウルに水滴がついているだけで失敗してしまう、と子供の頃から叩き込まれてきた私にとってフィンランドの素朴な焼き菓子はどれも気軽で、めんどうくさくなく、ずっと付き合っていきたい友達みたいな存在だ。多少間違っても大丈夫大丈夫、と言ってくれそうな気さくな友達。

料理が得意な義母も、いつものびのびとキッチンに立っている。

彼女の家に遊びに行くと食事はもちろんのこと、食後の口直しの冷たいデザート、そのあとのコーヒーのおとも用の焼き菓子数種類と、すべて手作りのものが出てきてバリエーションも豊富だ。

どれもおいしいので移住したての頃は事あるごとにレシピを聞いたものだけれど、答えはいつも決まって「んー、量ったことないからわからないわ」だ。

それが料理なら理解できる。でも焼き菓子まで量らない人は、初めて見た。

実際彼女が作っているところを見ると、小麦粉も砂糖も袋からサラサラとボウルに入れ「だいたいこのぐらい」と目星をつけている。それゆえ彼女に言わせれば、どんなレシピも「私に聞くよりちゃんと調べた方が」となるのだ。

そんな義母が、過去に唯一教えてくれたレシピがある。

お米のパンケーキで、「Riisiriieska／リーシリエスカ」。

セリアック病（重度のグルテンアレルギー）のため、小麦が入ったパンは食べられない義母の家で、パンの代わりに出てくるレギュラーメニューだ。砂糖は加えないのでパンケーキといっても甘みはなく、ハムやチーズ、野菜などをのせてオープンサンドにして食べることが多い。

ちなみに名前の「リーシ」は米、「リエスカ」は平たいパンを意味する。

ペルーナリエスカ（Perunarieska）といえばじゃがいもを潰して作った丸くて平べったいパン、オホラリエスカ（Ohrarieska）といえば大麦で作ったやはり平たいパンで、どちらもスーパーなどで買うことができるのだけれど、どういうわけだか米のリーシリエスカだけは店やレストランで見たことがない。ネットにレシピは転がっているけれど、素人が投稿するレシピサイトや個人のブログが圧倒的に多く、どうやらよそいきメニューというより家庭のフィンランド料理のようだ。

義母もこのレシピを書き出してくれたとき、「ええと、量ってないからわからないけど」といつものように付け加えて「卵2〜3個、バター50ｇ〜１００ｇ」ととってもざっくりとした分量を教えてくれた。

以下、義母から教えてもらったのを作りやすく変えたレシピである。

お米のパンケーキ（Riisirieska／リーシリエスカ）レシピ

【材料　耐熱容器30㎝×30㎝　1枚分】

―ミルク粥―

米　0・5カップ

水　0・5カップ

牛乳　2・5カップ

バター　20g

―生地―

牛乳　1カップ

卵　3個

オートミール　1カップ

塩　ひとつまみ

【作り方】

1　鍋に米と水を入れ中火にかける。

2　米が水を吸ったら牛乳を入れ、弱火でかき混ぜながら米が牛乳を吸って柔らかくなるまで煮て、火を止める。熱いうちにバターを溶かし入れる。

3　耐熱容器か天板にオーブンシートを敷き、オーブンを200度に予熱しておく。

4　ボウルに生地の材料（牛乳、卵、オートミール、塩）を混ぜ、粗熱の取れた2を加えてから耐熱容器に入れ、200度のオーブンで30分ほど、黄金色になるまで焼く。冷ましてから四角く切り分ける。

手順2のバターを入れるまでは前回のお米のプディングと同じ作り方なので、義母はいつも多めに作って、一部はそのまま朝ごはんのミルク粥に、残りの半分は冷やしてデザートに、もう半分はパンケーキに、と賢く使い回している。

というか義母はたぶん、もっとバターを入れている。正確には日常使いのマーガリン。これも私は臆病者なので20g程度にしているけれど、50gぐらいどかっと入れるとバターの風味がたっぷり香るパンケーキになる。

ちなみになんでこの四角いのがパンケーキなのか、と疑問の皆さんも多いと思う。フィンランドのパンケーキは四角く、オーブンで仕上げるのである。というわけで次回は甘い方のパンケーキをご紹介予定。

ほんでもってパンケーキとは四角いものである

フィンランドの家庭料理はしょっちゅうオーブンを使う。

サーモンもオーブン、ソーセージもポテトもオーブン、ずぼらな私は付け合わせの野菜もオーブンで焼き上げてしまうので、我が家ではコンロを使わずにオーブン調理のメニューだけで1日が過ぎていくこともある。スーパーに行けばオーブン用の冷凍食品も充実している。

オーブンはキッチン備え付けで、電磁コンロやＩＨコンロと一体型になっている大きいものが一般的だ。

最初はわざわざオーブンなんて予熱とか耐熱皿とかめんどうくさいと思っていたけれど、慣れてしまえばオーブンに放り込んでおくだけの料理は楽で仕方がない。

その楽さを代表する料理はなんといってもパンケーキ、フィンランド語でパンヌカック（Pannukakku）と呼ばれるものだ。

フライパンで焼くケーキだからパンケーキのはずなのに、なぜだかフィンランドのパンヌカックはオーブンで焼く。

生地を混ぜて少し寝かせて型に流し込んで焼くだけ、粉ふるいもホットケーキミックスもいらない。

正確にはもうひとつ、クレープのような薄いパンケーキ、レットゥ（Lettu）というものもあってこちらはフライパンか専用調理具で焼くのだけれど、私は1枚1枚焼くのがめんどうで、もっぱらオーブンで焼くパンヌカックの方を作っている。

その手軽さからかパンヌカックはレストランでもしょっちゅう見かける。

フィンランドのランチは、コーヒーや軽いデザートも含まれているビュッフェ形式のところが多いのだけれど、パンヌカックは緑の豆のスープと並んで木曜日のデザートの定番メニューでもある。ビュッフェ台の最後の方にコーヒーと並んで大皿にたっぷりと積み上げられていたり、シルバーの保温器の中に入れられたりしている四角い、色の薄いオムレツみたいなものを見かけたら、それがパンヌカックだ。

なんで木曜日なのかというと、ジーザスが亡くなった金曜日に断食をする習慣がかつてはあり、その前の木曜日に栄養価の高いものを食べようということらしい。フィンランドだけでなくお隣スウェーデンでも同じような習慣がある。

そのパンヌカック、アメリカ式のふわっふわのものとも、フライパンで焼く薄いクレープタイプともかなり違っている。

材料を見てもらうとわかるように、卵、牛乳を合わせた液体の割合がかなり多いので、焼き上げたときの表面は焼きプリンのような見た目をしている。

切り分けてみると熱いうちはやっぱりプリンのようでふるふる、生だったのかなと不安になる柔らかさだ。これが冷めると落ち着いて、むっちりした食感になる。

パンヌカック（Pannukakku）レシピ

【材料　耐熱容器30㎝×30㎝　1枚分】

卵　3個

牛乳　4カップ（800ml）

小麦粉　2カップ（約220g）
砂糖　大さじ3
バター　30g（溶かしておく）

【作り方】

1　ボウルに卵を割り入れ、材料を泡立て器で順番にすり混ぜていく。30分室温で生地を寝かせる。

2　オーブンを200度に予熱し、耐熱皿にオーブンシートを敷く。

3　寝かせた生地を容器に流し入れ、オーブンの中段で30分ほど、軽く焦げ目がつくまで焼く。粗熱が取れたら切り分けてホイップクリーム、ジャムなどをのせて食べる。

私は厚めに仕上げるのが好きなので28㎝角の角皿を使っているけれど、オーブンに備え付けの天板（フィンランドの一般的なもので約36㎝×42㎝）で薄く焼いても問題ない。日本でよく見る18㎝角の角皿の場合は2枚に分けて焼くと厚めに仕上がってちようどいいと思う。

トッピングは、カロリー摂取を目的としている伝統にのっとるならば遠慮なくジャムもクリームもたっぷりかけたいところだ。

フィンランドではベリーの時期ならばフレッシュベリーかベリーソースを、クリームがなければバニラアイスを、パンヌカックとトッピングのどちらが主役なのかわからなくなるぐらいのっけて食べる。

自家製ジャムや季節のフルーツを添えれば気取らないおもてなしデザートになる、なかなかにしたたかな存在である。

ちなみにこのパンヌカックク、シュレッドしたほうれん草を入れたバージョンもあり、こちらはカッテージチーズやリンゴンベリー（コケモモ）ジャムをのせて食事として登場する。パンケーキが食事になるという肩の力の抜け具合に、ほうれん草というなんとなく体によさそうな免罪符が加わって、最強の手抜きメニューだ。給食の定番でもあるので、フィンランドの給食メニューもいつかはじっくりと紹介したい。

仮装した子供たちの紛らわしいイースター

去年のこの時期、というのは復活祭の頃のことだけれど、我が家は2週間ほどのギリシャ旅行から帰ってきたばかりだった。

みなさんご存知の通りフィンランドの冬は長くて暗いので、うちは晩秋に長期、初春に短期で休みを取り海外に出る。雪もないその時期はフィンランドにいるよりもどこか物価が低くて気候のよい場所で過ごした方が、子供も遊ばせやすいし太陽光も浴びられるしと精神衛生上いいのだ。アイスクリームだって毎日食べられる。それで、去年はギリシャだった。

そんな旅行から帰ってきたのがとある土曜日の夜中。夜更かしに興奮する子供を寝かしつけ、翌日曜日にだいぶ日の出が早くなったねぇなどと言いながら家でゆっくりしていたら、ドアのチャイムが鳴った。

うちにお客さんはめったに来ないのでなんだろうと窓から外を見ると、小学校にあがるかあがらないかぐらいの子供たちが何人かうちの玄関前に集っている。

「やばい、今日ヴィルヴォンヴァルヴォンの日だ！」

先に気付いてキッチンの棚に走ったのはフィンランド人を長年やっている夫ではなくて私の方だった。

フィンランドではイースターの前の日曜日、子供たちが仮装して近所を回り、チョコレートをもらうというハロウィンそっくりのイベントがある。

厳密にいうとそれは魔女の仮装で、ネコヤナギの枝でできた杖をかざし、1年の健康を願う魔法の呪文「Virvon, Varvon…」を唱えてくれるのだけれど、子供たちのことだから当然「いや、魔女じゃなくてお姫様がいい」とか「ヘビの格好をしたい！」とかいろいろごっちゃ混ぜな仮装大会になっているのがまた微笑ましい。

そして呪文を唱えたあとにはその家の人から報酬として、卵をかたどったチョコレートや飴をもらうのだ。

私はこのイベントが好きでたまらない。

訪れてくるのはたいてい近所の、ごく平和な住宅街の子供たちで、顔見知りというほどではないけれど通りや公園で見たような顔ぶれだ。そんな子たちがお菓子目当てにピンポンしてくるものの、私が出て行くとまずビクッとする。うわ、ガイジンだ、と身構えているのが手に取るようにわかる。

そうそうガイジンですよーと内心にたにたしながら、私が素知らぬ顔で「こんにちは」とフィンランド語で挨拶すると、ようやく彼らは戸惑いながらも魔法の呪文を唱えてくれるのだ。

グループにはたいてい率先して魔法をかけてくれる女の子や、後ろでもじもじしている妹、弟らしき子、よくわからずについて来ている子、お菓子を入れるバスケットだけを大事そうに抱えている子など、いろんな子がいて見ているだけでも楽しい。

しかし去年は旅行から帰ってきたばかりで何のお礼の用意もしておらず、慌てて家の中にあった、子供たちでシェアしにくいことこの上ない板チョコやチョコバーをあげるはめになってしまった。

それゆえ今年こそは、と早いうちから卵型の、カラフルなアルミに包まれたチョコレートや個包装されたものを買っておいたのだけれど、コロナ騒ぎでこのイベントも自粛ムード、魔女が来ないままとなった。

せっかくだから軒先にチョコレートを吊るして近所の子が持っていけるようにしようか、とか、親戚の子が仮装を見せに来たいって言ってるから窓を開けずにおもてなしするのもありだね、などと話していたけれど、結局いろいろタイミングが合わずにできず、なんとなくさみしい気分になったのは歳のせいだろうか。

家にこもって過ごしていると、毎日自分の子供を外で遊ばせているとはいえ、老人のような気分になってよりいっそう世の中の子供がかわいく思えてしまう。

イースターには他にもいろいろ楽しみ方があって、フィンランドでも他の国同様、隠した卵を探すエッグハントや、卵の殻に絵付けをするエッグペイントなど卵関連のものが多い。

あとはラム肉のローストをミントジャムで食べるのも伝統である。マンミと呼ばれるライ麦のペースト、パシャと呼ばれるチーズのような味のプディングを食べたりもする。このデザートの2品はどうもぱっとしない。

マンミの色は黒で糊状、見た目も悪いしサルミアッキに続いて外国人を困らせる変な食べ物だとフィンランド人は思っているようだけれど、日本人には食べられる味なのだ。きな粉のような風味、とか、インパクトの薄いあんことか、そんな感じで。

パシャはプディングと呼び切ってしまうには実体のないもので、チーズ味のしないクリームチーズを食べているような、大丈夫だと思って食べ続けていると口の中に乳脂がまとわりつくような味をしている。

我が家ではそれらはスキップし、今年はタルトを焼いて、イースターカラーである黄色の桃をのっけた。ラム肉は単に好きなので例年通り伝統通り、週末に焼く予定だ。塊肉を買ってきて一晩マリネしてささやかな晩餐のためにオーブンでじっくり焼くと、食べ終わってもまだ明るい空に気付き、春を感じられる。

夏はひたすら大量のベリーを食す

いまだに毎年夏になると思い出しては夫をいじめる材料にしているのだけれど、一緒に暮らし始めて最初の夏、彼がいちごをわんさか買ってきた。

まず、フィンランドのいちごの旬は夏である。ハウスものではなく露地栽培なので驚くほど旬が短く、夏至の頃から7月にかけて1ヶ月ほど。あとの季節は全然味の違う南ヨーロッパやアフリカからの輸入ものぐらいしかお目にかかれない。なので旬の時期になるとスーパーマーケットの駐車場や街の広場に他のベリーやキノコと合わせて売る特設テントが立ち並び、みんなそれを夢中になって買っていく。

それにしても、だ。

明日から2週間のキャンプ旅にスコットランドに出かけるというその日、その荷造りでもっとも忙しい日の夕方をピンポイントで狙って、いちごを2箱も買ってくるのはうちの夫ぐらいだと思いたい。

「今買わないと帰ってくる頃には旬が終わるから……！」と血相を変えて夫が出て行ったときは、いちご産地の静岡県に実家がある私としては旬が短いなんて気の毒だなぁははん、ぐらいにしか思っておらず、あとはまだ慣れていなかったキャンプ旅行への荷造りをせっせと続けていたのだけれど、いざ戻ってきた夫が手に提げているそのいちごの箱がやけに大きいのに度肝を抜かれた。

日本でいちごが入っている、あの透明なプラスチックのケースなんかは比じゃない。1箱＝5kgなのだ。つまり合計10kgのいちごと、おまけにブルーベリーも10kgやってきた。もちろん冷凍用ではあるのだけれど、冷凍庫が全て埋まる勢いだ。

これが普通の家庭なら夫婦喧嘩に発展するところだろうけど、うちの場合は私が怒って、夫がしゅんとする。以上。というわけで、

「ただ冷凍するにも洗ってヘタ取って柔らかいの取り分けてジャムにしてってしなきゃいけないのに、今日それをするってことよく考えた……？」と、ひと通り怒ったあとは、2人で仲良く手を真っ赤に染めながら、狭いキッチンでいちご冷凍工場を運営することとなった。いちごいちごと、大の男が赤い小さな実に心躍らせているのを見

ると怒る気も失せる。

以来毎年ベリーの季節が来ると、あのときのようなことは二度とないようにとしつこいほどに言い聞かせているのだけれど、やってくるベリーの量は減ることなくむしろ毎年増えている。

いちご、ラズベリーに、ブルーベリー。庭で取れるグースベリー、赤すぐりに黒すぐり。

ただしそれらを捌《さば》くこちらの手も年々慣れてくるもので、最初の年こそ潰れかかったベリーをちまちまジャムにすることぐらいしか思いつかなかったけれど、今はもっと簡単にドバッと鍋に入れて煮て食べる方法を学んだ。

それがベリーのスープである。

メフケイット（Mehukeitto）という名で紙パックでも売られてもいるこの飲み物は、直訳するとジューススープ、とろりと甘く、冷たいままでも温めても飲める。

それよりもとろみを強くして器に入れてデザートにしたものがキーッセリ（Kiisseli）と呼ばれている。

とろみ付けは片栗粉。たいていのフィンランドの家庭の冷凍庫には、夏にどっさり買ったり摘んだりしたベリーが詰まっているので、あるものですぐ作れる即席ゼリーのような存在のデザートだ。ジャムほど煮込み時間も砂糖もいらずヘルシーな気分になれる冷たいデザートは一年中通してビタミン補給に重宝されている。

デザートにもなるベリーのスープレシピ

【材料】
冷凍ミックスベリー　４００g
水　５００ml
砂糖　50g
＊片栗粉　大さじ２
＊水　大さじ２
＊は合わせて混ぜておく

【作り方】

1 冷凍ミックスベリー、水、砂糖を鍋に入れて火にかける。

2 煮立ったらベリーが崩れないうちに火から下ろし、水溶き片栗粉を加えよく混ぜる。

3 再び火にかけ、とろみがつくまでざっくり混ぜる。器に移し、食べる前によく冷ます。

4 生クリーム、アイスクリームなどをかけて食べる。

中途半端なキャンプ好きにも嬉しいキャンプ飯

私はアウトドアを中途半端に愛好している。中途半端というのは、根がインドア派だからだ。

アウトドアといえばフィンランドおよび欧州近隣でキャンプぐらいしかまともにしたことがなく、毎回「私アウトドア好き！」と痛感するほどとても楽しい体験なのだけれど、一度日本でちょこっとテント泊したときは大嫌いな虫やら湿気やらで「私やっぱり都会暮らしでいい」とくじけそうになった。

キャンプ以外のアウトドアアクティビティ、例えばボルダリングやらカヌーやらは挑戦する気もないし、山歩きぐらいはしても登山はどこか遠くの国の話。実家が富士山のすぐ近くなのに頂上まで行ったこともない。

なので大声でアウトドア好きです！　とも言い切れずに、ときどきこそこそとキャンプをしたりトレッキングをしたりしている、そんな感じ。

そんな私の記念すべき初めてのテント泊は、フィンランドの地方都市でだった。移住して間もない頃に国内旅行をすることになって、もともとアウトドア好きだった夫とキャンプライフに興味のあった私の利害が一致した。肩慣らしに、と1泊だけ、地方都市のはずれにある湖畔のキャンプ場で泊まることになった。持ち込んだのは超軽量の小さなテントに、エアマットレス、全季節対応の寝袋、各種ポータブル調理具。テントの中は思っていたよりもずっと快適で、湖のほとりで過ごすフィンランドの夏の夜は爽やか、不便なはずのアウトドアライフもガジェット好きにはたまらなかった。

その際、当時の私には物珍しかったキャンプ道具のひとつ、入れ子式に折りたためるガスコンロで初めて作った「キャンプ飯」が、フィンランドの伝統料理ヘルネケイット（Hernekeitto）、エンドウ豆のスープだった。

いや、正確に言うならば作ったのではなく既製品を温めただけ。ヘルネケイットは学校給食でもしょっちゅう出てくる定番メニューで、その魅力は何と言っても低コスト、高栄養価にある。

2、3人前が入ったヘルネケイットの缶はスーパーで安いものだと100円もしないのに、水を少し加えて温めるだけの手軽さ。豆が入っているから食物繊維もタンパク質も豊富、子供も喜ぶ優しい味ときた。だからキャンプの定番でもあるらしく、私のキャンプデビューは伝統のヘルネケイットで乾杯となったのだ。

ところが一から作るとなるとこのスープ、シンプルな工程のわりに結構めんどうくさい。

まず、乾燥エンドウ豆を一晩水に浸す必要がある。思い立ったら作れる、というものではない。

それからは豆をブロックハムと煮るだけではあるのだけれど、2時間ほどかけてじっくり煮ていく。豆が柔らかくなって薄皮が剝がれ潰れてくると自然にポタージュ状になり焦げやすくもなるので、完全に放っておくわけにもいかない。

フィンランド料理では珍しく、ちまちまと手間がかかるやつなのだ。

入れるハムは薄ーいハムではなく、お正月のおせちに入っているような厚切りの、できればしっかり燻製されたハムがいい。塩豚や、ブロックベーコンでも代用できる。

ブイヨンやスープストックは入れず、基本的に味付けはこのハムに左右されるので、このハム選びもなかなか重要になってくる。

でも、作り方はそれだけ。時間はかかるけれど、煮ている間に他の作業ができるので私はキッチンにパソコンを持ち込んで仕事をしながらこのスープを煮ることが多い。

フィンランド人は学校給食でこのスープは食べ飽きていると聞いたけれど、うちの子供たちはまだまだこのスープが大好きで、もりもり食べてくれる。だから塩気の多い既製品よりも手作りをと手間を惜しまず大量に作っては冷凍保存している。

離乳食期の下の子にはハムを入れる前のものを取り分け、幼児にはハムを入れたものを。大人用にはフィンランド人大好きシナッピ（Sinappi。甘めのマスタード）を添えて食べる。

ちなみに見た目はエンドウ豆の緑が色褪せて黄緑色になって、どろりとしている。ミキサーで滑らかなポタージュ状にしたり、生クリームをてんてんとスープに浮かべたりしたおしゃれバージョンもたまぁに見かけるけれど、私に言わせたらそれはフィンランドのヘルネケイットではない。にんじんと玉ねぎが入ったバージョンもレストランなんかではたまに見るけれどどこかよそいきの顔だ。

素顔は、おたまで適当に潰して途中で飽きてやめちゃったぐらいのつぶつぶ感、燻製ハムのスモーク臭、雑味のない豆の素朴な味。それがヘルネケイットだ。

エンドウ豆のスープレシピ

【材料　3～4人分】
―乾燥豆の場合―
乾燥エンドウ豆　250g
水　1L
―冷凍豆の場合―
冷凍グリーンピース　500g
水　500ml
―共通―
ブロックハム　150～250g

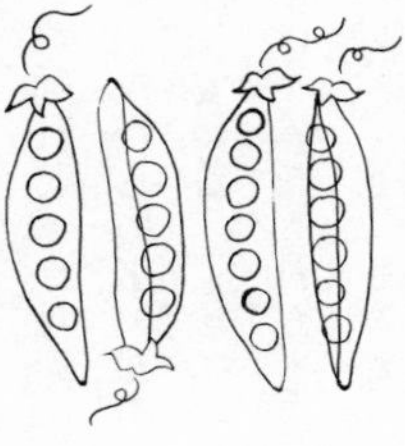

ローリエ　2、3枚
塩　小さじ1
マスタード　お好みで

【作り方】
1　乾燥豆の場合は分量の水に豆をひと晩、もしくは8時間以上浸す。
2　豆と水、ローリエを火にかけ、沸騰したらアクを取り、刻んだハムを入れ弱〜中火にし豆が柔らかくなるまで煮る。
3　豆が柔らかくなったらおたまや泡立て器で潰す。塩で味を調える。

このヘルネケイットに限らず、フィンランドでは大皿のスープとライ麦などのずっしりしたパンだけで一食を済ますことも多い。おかずを何種類も用意する必要もなく、手の込んだことをしたかったらパンを手作りするとか、パン屋さんから焼きたてを買ってくるとか、オーブンで焼き上げる半生のをスーパーで買ってくるとかだけでもいい。作る側からしたらかなり楽だ。というわけで各種スープのご紹介もそのうちに。

薄味マウンティングinフィンランド

最初に書いておくが、私は関西人の薄味マウンティングが苦手だ。

何年も前まだ日本に住んでいたとき、とある関西出身の元友人が、はるばる関東の我が家へ遊びに来たことがある。滅多にないことだからと私の当時の彼氏も同席して、一緒に夕ごはんを振る舞った。彼氏は料理をする人だったので煮物を担当した。

テーブルに出された煮物の皿を見て友人が一言、

「やっぱり関東の煮物は色が濃いねぇ」

確かに彼氏は濃い味付けを好む人だったけれど、そのときの煮物の具はいかと里芋だったのだ。いかの煮汁はどうしたって黒くなる。料理が得意でない友人は知らなかっただけで、箸をつけてもない料理を、関東イコール色や味が濃いと先入観で決めつけたのだ。おまけに「関西の煮物はお出汁がきいとってな……」なんて、絶対お前即席出汁しか使ってないだろとつっこみたくなるようなうんちく話が始まった。

ちなみに私自身子供の頃は関西に住んでいたので、関西になんの恨みもなければ、今も付き合いの続いているよい友人もたくさんいる。

なぜそんな何年も前のことを思い出しているかというと、最近また薄味マウントにあったからだ。フィンランドで、である。

もちろん塩分はとりすぎてはいけない。そんなのはわかっている。けれど、日本に旅行したことのあるフィンランド人たちから日本食についてよく言われる2項目が私は我慢ならない。

ひとつは、

「日本料理の味付けは濃くて、滞在中はずっと水ばっかり飲んでいた」。

確かにフィンランド人の友人一家を日本の旅館に連れて行ったとき、会席料理を食べながら彼らは水を何度もお代わりしていた。

でもそれって私がフィンランドのビアレストランに一度だけ行って「フィンランド料理って味濃いね」って言うのと同じではないだろうか。

ちなみに以下がフィンランド、日本両国の食塩摂取推奨量と実際の摂取量だ。

フィンランド（THL2017年発表）
推奨　男女共5g
現実　男性11g、女性7g

日本（厚生労働省2018年調査）
推奨　男性7・5g未満、女性6・5g未満
現実　男性11g、女性9・3g

なんだ、やっぱり日本と比べてもそんなに薄味じゃない。推奨されている塩分量は少ないけれど、実際の摂取量はそれをはるかに超えている。

私に言わせればいくら薄味にしたからってあれだけ日常的にプッラ（甘いパン）ばかり食べてるんだから、塩分以前に不健康極まりないと思う。人口の50%以上が推奨体重を超えているという統計もあるぐらいだ。

もうひとつ日本食についてよく言われるのは、

「日本に行ったらフィンランド人はみんな便秘になる。米も白いしパンも白くて、食物繊維が入ってないから」

これは頷ける。ただし同意するというんじゃなく。

うちの夫も私と結婚前、日本に何度も旅行していたときに同じことを言っていた。これはもうバッサリ斬らせてもらった。アホか、と。

だって彼らは「うわやっす」とコンビニの弁当を食べたり（フィンランドでは一食500円＝4ユーロ程度でろくなものは食べられない）、回転寿司に行ってはしゃいだり、牛丼屋に行ったりと、外食三昧《ざんまい》なのだ。

日本人ならそこに、同じコンビニ調達でもうの花やごぼうサラダ、ひじきの小皿を加えるとかできるだろうけど、多くの観光客はそういった素材さえ知らない。そりゃ誰でも繊維不足になる。

フィンランド人は自国の健康的な黒いライ麦パンやオーツ麦パンを誇っていて、それは素晴らしいことだと思う。でもフィンランドでも安い外食の代名詞ピザやケバブばっかり食べていたら日本を旅行中と同じ結果になるだろう。

家庭料理と外食はまったくの別物で、観光客がその国の食文化を短い滞在で理解するのは難しい。

そういえば同じようにこの連載に対してのネット上のコメントで、「フィンランドに旅行しました。どの料理もバターまみれで太りました」というのも見かけたけれど、わかる。それ私の周りのフィンランド人が言ってるのとまったく同じだよ。

きっとそういう人はいっぱいいて、旅行で来てホテルの朝食ビュッフェもしくは有名カフェの朝食と、サーモンスープのランチと、夜はガイドブックに載っているミシュラン星付きのレストランとかちょっと高級レストランとかにも何度か挑戦したんだろう。外食する気力がないときは、ストックマンデパートのデリでテイクアウトしてホテルの部屋でもそもそ食べたのだろう。書き並べているだけで肥えそうだ。

そういうの聞くとちょっと悲しくなる。ガイドブックの「外」にももっとおいしいものいっぱいあるのになぁ。ぜったいフィンランド料理だけ食べるぞ、って変にこだわらなきゃ、健康的な中東料理のお店もカジュアルなイタリアンも雑多な感じの中央アジアの食堂もあるんだけどなぁ。

そんなフィンランドの、とっても健康的な料理を今日は紹介したい。

とはいえ純粋なフィンランド料理というものでもないのだけれど、給食にも2週に1回ぐらい出てくるし、気軽なランチビュッフェにも日替わりスープのひとつとして登場する。でも高級レストランにはまずない味、野菜のソセケイット（Sosekeitto）だ。要するにポタージュスープ。

フィンランドに来て私が使わなくなった調味料のひとつに固形ブイヨンがある。前に紹介したエンドウ豆のスープと同じく、このスープもブイヨンなしで充分においしい。

ざっくり言ってしまえばカレーの肉を入れる前の野菜を煮たやつをミキサーにかけるだけ。物足りなかったら少しブイヨンを入れてもいいし、仕上げに生クリームを入れると上品な味にもなるけれど、うちではそのどちらもせずそのまま乳児幼児にも食べさせられるようにしている。

もっとも一般的なのはにんじんのポタージュ（Porkkanasosekeitto）ではあるけれど、さつまいもをメインにして甘めに、もしくはかぼちゃと唐辛子を少し混ぜてピリ辛甘味にするのもおすすめだ。

このスープが我が家の食卓に頻繁に登場するのは、子供たちが大好きで健康的だからというのと、ベイビーゲートを取り付けられない造りの我が家のキッチンで、子供たちがいつ侵入してくるかわからない恐怖に怯えながら切れ味抜群の日本製包丁を握れる時間はごく限られていて、そんな状況でもささっと作れるから。もしくは時間のあるときに多めに野菜を切って取り分けて冷凍しておけるから、というのが最大の理由だ。

スパイスから作る日本風カレーのベースにすることも多い（カレールウ、売ってないから）。

レシピというほどのものでなくて申し訳ないけれど、軽いランチとか、食べすぎた日の夕飯ってこんな程度でいいと思う。

野菜のポタージュ・ソセケイット（Sosekeitto）レシピ

【材料】

にんじん　適宜
玉ねぎ　適宜
じゃがいも　適宜
（あれば）セロリ、ネギの青いところなど香味野菜
ローリエ　1、2枚

【作り方】

1　野菜（あれば香味野菜）を適当に切って鍋に入れ、かぶるぐらいの水とローリエを入れ火にかける。

2　煮立ったらアクを取り柔らかくなるまで煮て、粗熱を取ったらローリエを除いてミキサーにかける。

野菜の量は適当。強いていうなら私はにんじんやかぼちゃなどメインとなるものの量を2に対し、玉ねぎは甘味出し、じゃがいもはとろみ要員として各1ぐらいにしている。

野菜がおいしければこのままで充分なのだけれど、物足りなかったら塩胡椒を加える前にミックスナッツを砕いたものやシードミックス、カッテージチーズを上に散らすなどのトッピングを試してほしい。

薄味が一番なんて口が裂けても言わないけれど、関西でも関東でもフィンランドでも、おいしいものはそのまんまで堂々とおいしいのだ。

子育てには救世主が必要です

フィンランドの学校の夏休みはとてつもなく長い。5月下旬から8月上旬までと2ヶ月半近くあり、8月からが新学年スタートとなる。他の欧州の国と少しずれているので6月中に旅行に行けばまだオフシーズンで空いていてラッキーだとか利点もあるのだけれど、とにかく長すぎる。

対して親の夏休みは平均して4週間ほどなので、子供が小さいうちは両親が交代で休暇をとり祖父母をも総動員しベビーシッターしてもらい、家族揃っての旅行も行きづらいという側面がある。

そんな長い夏休みの救世主、無料のランチ配布がヘルシンキのプレイパークで毎年行われている。

プレイパーク、と英語訳を書いてしまったがフィンランド語ではレイッキプイスト

(Leikkipuisto)、日本においての児童館や学童クラブ的な存在でヘルシンキ市内に68ヶ所（2020年現在）ある。

レイッキプイストの説明は難しい。基本的には市の職員が日中常駐している公園で、トイレや室内遊び場の備わった屋内施設も併設している。屋外には遊具があり、時間内であれば砂場のおもちゃやボール、スポーツ用具なども自由に使える。規模も様々で大きなところだと夏はプールがあったり、室内で勉強できる部屋もあったり、森の中に建っているアスレチック併設の公園もあったりと多様だ。

私はまだよちよち歩きの子供を連れて、適当に放しに、もとい遊ばせに行くことが多かった。徒歩圏内に4軒ほどあるので、子供を保育園にまだ通わせていないうちは平日の午前中、できるだけ毎日、場所は日替わりで連れて行くようにしていた。三輪車や手押し車、キックバイクなんかも置いてあるのでそこで試して購入に踏み切ったものも多いし、何よりありがたいのは、普通の公園と違って柵があることだ。子供がうっかり道路に飛び出す心配も少ないし、小さい子用エリアと大きい子用エリアが分かれているところもあるので、子供も安心して駆け回れる。

施設の中には登録制で午前のみの無料保育をしているところもある。他にも子供のいる市民の交流の場所として、リトミック教室や語学教室、育児相談会など各種イベントが頻繁に開かれている。

また午後になって学校が終わる時間には、学童保育に登録した小学生がやってくる。それぞれ思い思いに遊んだり職員の企画した遊びに加わったり、宿題をしたりして過ごし、簡単なおやつも出る。


そのレイッキプイストが、夏休みの午前中になると異様に混雑する。子供に無料でランチが提供されるからだ。

この伝統は戦時中の1942年、貧しい家の子が学校が休みの間にまともに食べられないことを懸念して始まったものが、今もなお続いている。ヘルシンキ市の運営とはいえ、市民でなくとも16歳以下の子供なら誰でもランチをもらうことができ、年齢、住所、国籍などは確認されない。必要なのは自分のお皿とカトラリーだけ。

すごい催しだ。だけど先輩ママから一緒に行きましょうと初めて誘われたとき、私はそこへ子供を連れていくことへほんの少しの抵抗を覚えた。生活に困っている人向けなのでは、とか、見た目が明らかな外国人だから怪しまれないか、とか。うちではランチぐらい用意できるから、図々しく人様にいただかなくても、とも。

百聞は一見にしかずで、行ってみればわかる。どの公園でも12時になると小学生も中学生も小さい子供を連れた大人も、みんなそれぞれのお皿を手にし列に並んでいる。赤ちゃんを乗せたバギーとそこに吊るしたママバッグまで一流ブランドのものという小綺麗なお母さんもいれば、育休パパのグループ、食事だけもらいにきたけど公園では遊びませんといった風情の大きな子供たちのグループも多い。そこには気後れや後ろめたさはまったくなく、食事を手にした人たちがみんなベンチや芝生に敷いたピクニックシートの上で食べ始める光景はどこか牧歌的だった。

夏とはいえ木陰は涼しいのがフィンランド。子供の頃から外で日常的に食事して育つなんて、なんて健康的なんだろう。親がピクニックに連れていく手間も省ける。

やる気のないときはソーセージに限る

ここ最近の我が家のキッチンはやる気のなさに溢れている。

夏は頻繁に旅行に出かけているので、生の食材を大量に備えることもなかなかできない。ちなみにこの時期の冷凍庫はいちごやラズベリーなどのベリー類でいっぱいで他のものが入る余地がない。

加えて今年はお天気続きで平日さえも庭でバーベキューばかりしているのでソーセージやその他手軽なマリネ済みの肉、魚のフィレなんかが常備してある。自然にそういう「焼くだけのもの」ばかり食べることになる。

先日友人一家を招いてバーベキューパーティーらしきものをしたのだけれど、後から振り返ってみれば私はソーセージを焼いただけだった。また別の日はやはりソーセージを焼いて、せめてものおもてなしに日本っぽいものをと焼きおにぎり、つくね串を作っただけ。夜店か。

というのも一番仲のいい、もはや親戚みたいな一家の子供たちは、ソーセージしか食べない。野菜も食べなければフルーツもちょこっと味見程度だけ。

また他の友人は普通のソーセージと上質なシナッピ（フィンランドのマスタード）さえあればいいという。それに慣れすぎてしまったのだ。


それでも、食後のデザートに手作りの季節のパイぐらいは出すのが礼儀というかフィンランドなりの肩肘張らないおもてなしなのだろうし、私も去年まではそうしていたけれど、今年、悟ってしまったのだ。

フィンランドに住んでいると、夏はルバーブパイだのブルーベリーパイだの、至るところで飽きるほど出てくる。帰省先。訪問先。カフェ。レストランのビュッフェ、もしくはコースメニューの最後。

もう、いらなくない？　飽きてこない？　私は今年、フィンランド在住5年目にして初めて本格的なブルーベリー（正しくはフィンランドの森にあるビルベリー）摘みに行ってきたのだけれど、今年は豊作と聞いていた通り1時間で1kgほど採れてしまったベリーでパイを作ったら、一切れ食べただけでなんだかもうお腹いっぱいになって飽きてしまった。たぶん私の中のバターたっぷりパイ要素が飽和状態になったのだと思う。

もともと甘党ではないので、お菓子を焼いてもいつも大半は夫のお腹の中へと消えていくのだけど、最近は子供もおこぼれに預かるようになって、このままじゃ家族が糖尿病になってしまう、いかん、ということでもうお客さんが来ても何も焼かないことにした。

もうひとつ、怠け者ホストになる正当な言い訳がある。

下の子が生まれたとき上の子の誕生日も近かったので、誕生日会と下の子の名付けパーティーを同時開催した。コミュニティハウスを借りて、飾り付けもして、ゲストは義両親や友人など15人ほど。クリスチャンなら教会でしっかりやるような、この国ではそれなりに重要なイベントだ。

それに際し私は料理をすべて自分で作ったのだけれど、丸2日かけてキッチンに立っている間、当然子供はほったらかし。授乳したり食事を与えたりはするけれど、その他の世話は夫に任せていた。

そんなことをしながら、ふと、こんなに頑張っても子供はなんにも嬉しくないよなあと、単純すぎる正論が頭をよぎった。

私は料理上手。だからなんだっていうのだろう。料理が好きで、夫やゲストを喜ばせることができて、でも料理の間子供と遊びもしない。どんなに手間暇かけた見栄えのいい料理を並べたところで、この年齢の子供たちはいまいちピンと来ないはずだし、子供本人に頼まれたわけではないのでただの自己満足だ。

結局パーティーはやりきったけれど、その日を境に、私は大好きだった料理をしばらくおやすみすることにした。抵抗のあった既製品や冷凍食品にも積極的に頼り、食事作りや後片付けはささっと終わらせ、リビングに移動して家族でゆっくりと過ごす。

たまに奇跡的に時間があって火加減を絶対に失敗したくない類の料理、鴨のローストとか、オイスターのベーコン巻きとか、を作るときは途中で赤子が泣き出そうものなら試合終了なので、あらかじめ家族に「今から真剣になるから」と断りを入れて取り掛かるか、子供たちが寝静まった後に調理して高カロリーな晩酌のアテとして夫婦でこっそり背徳の味を楽しむか、にしている。

そうしてみると、今までうちに頻繁に遊びに来ていた友人たちは最近の私の手抜き一点張りの料理に最初こそちょっぴりきょとんとするけれど、それで何か言うわけでもない。手をかけてこそ愛情、なんていう価値観はこの国では何十年もの昔にどこかへ消えた幻のようなものだし、ゲストとの楽しい時間は変わらないのに気付いて、私の料理なんていらないんだなぁと心底嬉しくなったのだ。よって、振るえるはずの腕も封印している日々だ。

あ、ブルーベリーパイのレシピ一応いります？　まぁ簡単ではあるから、やる気のないおもてなしの日にでも作るといいよ。

ブルーベリーパイ（Mustikkapiirakka／ムスティッカピーラッカ）のレシピ

【材料　耐熱容器30㎝×30㎝　1枚分】

—生地—

バター　50g（溶かしておく）

砂糖　1カップ（130g）

卵　　　　３個
ヨーグルト　１カップ（２００ml）
小麦粉　　３カップ（３３０g）
ベーキングパウダー　小さじ１

—フィリング—
ブルーベリー　３００g
片栗粉　　　大さじ１

—クランブル—
バター　50g（溶かしておく）
砂糖　０．５カップ（65g）
小麦粉　１カップ（１１０g）
バニラビーンズ、エッセンスなど適量

【作り方】

1　クランブルの材料を混ぜておく。バターを溶かし、砂糖、小麦粉とざっくり混ぜる。バニラビーンズなどで香り付けする。

2　生地作り。バターを溶かし砂糖とすり混ぜる。

3　卵、ヨーグルトを2に加え混ぜ均等になったら小麦粉、ベーキングパウダーを合わせて混ぜる。

4　3の生地をオーブンシートを敷いた角皿に均一に広げ平らにする。

5　フィリングのブルーベリーと片栗粉を混ぜ、生地の上に広げ、クランブルの生地を散らす。

6　200度に予熱したオーブンで約30分、焼き色がつくまで焼く。

フィンランド語でパイはピーラッカ（Piirakka）。でもこのピーラッカという単語は甘いものしょっぱいものどちらも、とにかくフィリングの入ったものをひっくるめていて、例えばひき肉の入ったフィンランド版ピロシキも、お米を包んだカレリアパイ（カルヤランピーラッカ）も、タルトもクラフティもキッシュもピーラッカと呼ばれる。

よって、ブルーベリーのパイもいろんなバージョンがある。タルト生地にフィリングをのせたチーズケーキみたいな見た目のもの。格子状の生地の飾り付けをしたもの。粉砂糖でお化粧したもの。

今回紹介したのはヨーグルトでしっとりした、ケーキのような存在のパイ。

コツはかわいくしちゃダメ、ざっくりと角皿で作ってざっくり切り分けて食べる。それだけ。

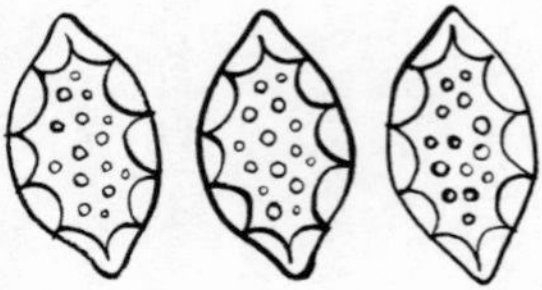

ぶっちゃけ保育園にかかるお金

第一子が1歳半になる頃から、保育園どうしようか問題が家庭内で勃発した。

なんせ旅行の多い我が家、子供が生まれてからの1年間は半分もヘルシンキの家にいないような状態が続いていたのだけれど、そろそろ落ち着いてきたし2人目も生まれるし保育園も考えなきゃね、となった。どちらかというと私の方が保育園に入れたがっていた。

一番の理由は言語だ。子供が私と家で過ごしていると日本語ばかり覚えてしまう。もっとフィンランド語を浴びせないと、と思っていた。

それからうちの子は、なんというか控えめに言ってもじっとしていないタイプだった。歩き始める前に脚立やテーブルやキャビネットによじ登り始め、歩き始めてからはずっと家の中を歩き回っているような子だった。目が離せないし手も離せない。そこへ第二子となる赤子が参戦したらもう手が足りない。

そんなわけで渋っている夫を説得し、2歳入園へ向けて保育園へ申し込みをすることにした。

夫が渋っていた理由は、まだ早いような気もするという漠然とした不安と、数年以内に引っ越すことになるので転園させるのは子供が混乱するかも、というものだった。お金もかかる。一番下の子が小さいうちは上の子も家でまとめて面倒見るという家庭も多いようだ。

というのも子供が3歳以下で保育園に預けず家で面倒を見る場合それは仕事とみなされ、国と、ヘルシンキ市の場合は市からも補助金が出る。そういうわけで日本よりはゆっくりめに3歳から預けようという人も多い。まことしやかにささやかれている3歳児神話のようなものも、実はある。

対して保育園に預けると公立であっても保育料がかかる。フィンランドは大学院まで費用がかからないことで有名だが保育園に関しては別で、収入や預ける時間に応じて保育料を取られる。

ヘルシンキ市のウェブサイトに保育料を見積もれるページがあるので、試しにフィンランドの平均月収と言われている3550ユーロを収入として入力し、4人家族、1日7時間以上週5日預けるという条件で計算してみたら、月間保育料は90ユーロだと出た。意外と安い。これが月収3000ユーロを少し下回るとタダになるので悪くないと思うが、夫婦共働きで双方ともに平均収入を稼いでいる場合の世帯月収は7100ユーロ、保育料は290ユーロになるらしい。つまり約3・5万円。う〜ん、ちょっと高いような気もする。

とはいえやっていけない額でもないので夫を説得し、申し込みの前に保育園の見学に行くことにした。

私たちが子供を入れようとしていたのはすべて公立の保育園だ。徒歩20分圏内に5、6軒ある。

新しくモダンな建物の園、昔ながらの木造平屋造りの小さな園、マンションの1階に入っている園、大きな岩山を背景にした斜面に建つマンモス園など、子供を連れて実際の通園路になる道を歩き、下見をした。

最初に訪れた小さな園では、邪魔にならないよう子供たちが帰っているであろう16

時すぎに訪れると（フィンランドの多くの保育園では営業時間外に園庭に自由に立ち入れる）、最後の職員がまさに出てくるところだった。入園を検討しているんですけど、と断って園庭を見せてもらおうとしたら、その保育士は丁寧にこの辺一帯の各園の違いや申し込み方法などを教えてくれた。

日本の保育士経験者の知人たちに話を聞く限り、彼らの業務はとても過酷で仕事後はとても疲れているという認識だった。フィンランドでならなおさら時間外にまで仕事したくないだろうと思っていたのだけれど、その人は気にするわけでもなく、気さくにも「今度保育中の時間に遊びにいらっしゃいよ」と言ってくれた。そうして後日本当にひょいと訪れると、園庭でうちの子供を遊ばせながら他の保育士が立ち話であれこれと教えてくれた。

その他の園でも同じで、午前中の外遊びの時間帯であればアポなしで訪れても快く園庭および園内を見せてくれ、私は少なからず衝撃を覚えた。部外者を保育エリア内に入れることや、よその子供が1人混じることへの負担およびストレスはないのだろうか。どの園も子供が逃げないようにか柵で囲まれて、ドアにも鍵がかかっているけれど、どうやら保育園は私が思っていたよりずっとオープンらしい。

そして各園を見比べてみると、同じ公立でも両親も参加してのイベントが盛んな園や、外国にルーツを持つ子供が多い園、逆にフィンランド人だらけの園など、結構違いがあった。それでも保育料は一律だ。

そういった私たち新米両親のお勉強も兼ねた下見の結果、やっと入園申し込みをすることになった。

申し込み方法はヘルシンキ市のサイト上のフォームに親の収入や社会保障番号、希望の園（第1から第5希望まで）を入力するだけ。役所に出向いたりすることはないし、事前に見学に行くのも義務ではない。夜中でもできる。対して日本にいる姉が幼稚園の申し込みに朝の6時から並んだと聞いたときはびっくりした。

さらにフィンランドの法律で、入園申し込みから4ヶ月以内に自治体が入園先を見つけなければいけない、という義務がある。第1希望の園に入れなくても他の受け入れ先を見つけてくれるのだ。

これがフィンランドには待機児童はいないと誤解されている理由で（はっきりと書

かれている日本語の記事も見かけた）、私たち夫婦もどこかには入れるだろうと甘く見ていた。

ところが申し込みから待つこと数週間、あっさり審査に落ちたのである。

フィンランドでまさかの待機児童になるなんて。この続きはまた次回。

いいから保育園入れてくれ〜

保育園への入園申し込みをしてからひと月も経たないうちに、第1希望の園の代表から電話がかかってきた。

8月の新学期を狙って子供を入園させようとしていた我が家。子供も2歳になっているし、ちょうど入れ替わりの時期なので第1希望ではなくてもどこかにすんなり入れるだろうと思っていたし、見学した各園でもそう言われた。

しかし電話に出ると、「うちの園はもう希望者がいっぱいで近隣の園も同じような状態なので、各家庭に電話をして状況を聞いているんです」とまさかの言葉だった。

そもそも第1希望の園の代表者が、入園希望者の割り振りをしているのにも驚いた。市の別枠の職員とかじゃないのか。そりゃ大変だ。

そうして電話口でのヒアリングが始まった。相手が聞きたいことはつまり、お宅本当に保育園必要なの？　ということ。

「奥さんはもうすぐ産休に入るのよね？」

はい。その通り。私のお腹はもうぱんぱんで、第二子の出産を数ヶ月後に控えていた。

「それでもって産休の後も家で赤ちゃんのお世話をするのよね？」

これもその通り。フィンランドの産休（出産予定日から遡って1ヶ月、予定日の後に3ヶ月、の計4ヶ月）が終わってからすぐに仕事に戻るほどうちは経済的に切迫していない。というかその後も子供が2歳になるまで育休があるんだから、みんな普通に育休を取るんじゃないだろうか。

いやぁな感じがしてきた。素直に答えるほど、じわじわと崖っぷちに追いやられるようなこの問答。

正確に言うならば、私はIT関係のフリーランスとしてたまに働いているしこの連載も第二子が生まれる頃に始まったので産休育休に関係なく仕事はしている状態、我が子も忙しい母と漫然と過ごすよりは本気で遊んでくれる保育士や友達と過ごした方がよかろうと心底思っていたのだけれど、どうやら電話口の相手は違った意見をお持ちのようだ。

とどめの言葉はこれだった。

「保育園に入るのはちょっと早いような気もします」

これは寝耳に水だった。見学に行ったすべての園で2歳児クラスがあることを確認していた。職員と話したときも、おむつがはずれていなくても、着替えができなくても、自分である程度ごはんが食べられれば大丈夫と言われた。じゃあなんで「早い」のか。

そこに3歳児神話が出てくる。

フィンランドにも3歳児神話のようなものがある。私はそれまで「子供はお母さんといるべきなのよ！」というフィンランド語の意見をネットで、しかも何年か前の書き込みで見ただけだったので、実際に早いと言われるまでは「あった」と過去のものだと思っていた。しかし実際に園の代表職員が言っているということは、どうやらまだ消えていないようだ。

そういえば子供を産むときも「生まれるギリギリまで家にいるのが一番よ」と陣痛が始まってもなかなか受け入れてくれず、生まれたら生まれたで「家の方が赤ちゃんにとってもお母さんにとっても幸せよ」と言われ早々に退院となった（後者は本当だった、入院ライフがきつかったから）。

あのときのいやぁな記憶が蘇ってくる。おうち第一主義国家なのかここは。フィンランドの人たちは長い冬も快適に過ごすべく家の中を整えています、うんぬんの使い古されたフレーズも頭をよぎる。

でも私の家の中はそんなに整っちゃいないし子供によっては外で他人と過ごした方がよっぽど合っている場合もある。

鋭い方はお気付きの通り、保育園に入れたい最大の理由はフィンランド語の習得がどうのと教育的に前回述べたけれど、実のところ私は子供を「きちんと育てる」ことへの自己評価が極端に低かった。図工、苦手。裁縫、苦手。お絵かき、苦手。スポーツ、苦手。

子供と一緒に遊んでいると、楽しいけれど自分1人ができることに限界を感じることがしばしばあった。日替わりで場所を変えてもいつも同じような公園。同じような遊び。日々顔を合わせるのはいつも同じ顔ぶれ、そもそも子供はお友達に興味を示す歳でもなく松ぼっくりを拾い食いしている。子供を遊具の高いところに持ち上げるのも重くてそろそろ腕がプルプルしてきたし、家遊びとなると創造性が低すぎて子供に申し訳ない気持ちになった。狭い家の中では触ってはいけないものも多すぎて親子ともにストレスも溜まる。赤子が生まれたら本気で遊んであげられる自信がぜんっぜんない。

うちの子をよく理解してくれた当時のネウボラおばさんにも、「この子はアクティブだから保育園が合ってるわね！」とカラッと晴れた日のお日様みたいな笑顔ではっきりと笑われたものだ。

なのですがりつくような気持ちで保育園に申し込みをしたのだけれど、電話口で何を訴えても結果は惨敗。

その後地域の保育園合同で行われたという入園審査の会議で、きっと「この家庭はすぐには困らないわね」と判断されたのだろう。第5希望にさえかすらず、どの園にも入れなかった。

代わりに地域のレイッキプイスト（児童館）で午前のみ無料で預かってくれるサービスを提案されたのだけれど、うちから最寄りのレイッキプイストは行くのに20分ほどかかり、預かってくれるのは2時間半、週に3日のみ。預けて、帰ってきたら洗濯機を回す時間もなくもう迎えの時間になってしまう。近くにカフェでもあればそこでまもなく生まれる予定の赤子を連れて仕事もできるだろうけど、残念ながら森の中だ、何もできやしない。

そう言って食い下がっていったんは審査落ちの電話を切ってから、数日後にまた電話がかかってきた。今度は「perhepäivähoito（ペルヘパイヴァホイト）」、日本で言う保育ママを紹介された。保育士の資格はないけれど市の審査を通った「保育ママ」が、自宅で子供を預かるというサービスだ。これなら1日預かりで、保育園と同じく朝食も昼食もおやつも出る。

少人数制なので、むしろ保育園よりうちの子に合っているかも。徒歩圏でもあるその保育ママの家を、見学に行くことにした。

ツンデレ保育園

フィンランドに住んでいる友人で、今は保育園で働いているけれど過去に「perhepäivähoito（ペルヘパイヴァホイト）」＝保育ママをしようと申し込みをした経験のある人がいる。

保育ママはまだ小さい自分の子供を家で見ながら他の子も預かって仕事になるという利点もあるようだ。もちろん市から保育料は支払われる。

そういえば昔通っていたフィンランド語講座の先生も、同じように自分の子供が小さいときに他の子を預かってわずかながら賃金を得ていたって言ってたっけ。特別な施設がない普通の家庭でも、子供は床に敷いたマットレスや低いベッドの上で寝かせればいいし、子供に出すごはん作りにしても1人分作るのも3、4人分作るのもそんなに変わらないから簡単よ、と受講生におすすめしていたのが印象的だった。

ただし友人が保育ママになる申請をした際には市の職員が審査に来て、本当に厳しくチェックをしていったそうだ。例えば食器棚。アルコールの問題が多いフィンランドでは子供に酒瓶を見せることさえよくないとされていて、その友人は食器棚のガラス扉にラッピングペーパーを貼り付け中身を隠し、さらにロックを取り付けた。それから緊急時にパニックに陥って通報できないことがないよう自分の住所と緊急番号を大きく書いた紙を壁に貼り付けたり、救急セットはもちろん設置、子供の安全確保のため階段にゲートを取り付けたりといろいろ工夫をしたそうだ。

それを聞いていたので、それだけ厳しく審査してくれるなら預ける方も安心、と私たち夫婦は思っていた。

うちの子供を預かってくれる予定の保育ママの家は、ごく普通の古いマンションの3階にあった。我が家からは徒歩15分ほど。同じようなマンションが並んでいる一角だ。

ドアベルを鳴らすと、50代後半と思しき女性がドアを開けてくれた。少しかすれた声をしているけれどまだまだ元気で姿勢がよく、子供に媚びない強そうな女性という印象を受けた。

預かっている子供は現在3人。姉弟と、男の子。2〜4歳。キッチンに子供用の椅子もあるし、子供たちは夫婦の寝室で寝るのだそうだ。

1日のスケジュールも保育園とほぼ同じ。朝食、外遊び、昼食、昼寝、おやつ。そんな話を聞いているうちに子供たちがちょっと興奮して大きな声を出すと、保育ママは毅然とした態度でそれを止めていた。子供のあしらいも当然慣れていて信頼できそうだ。

しかし、だ。部屋に足を踏み入れたときから気になってしょうがない点があった。

この部屋、タバコ臭いのである。

大の嫌煙家と言ってもいい夫はちょっとしたタバコの臭《にお》いでもすぐに嗅ぎつけるのだけれど、そんな夫の鼻を借りずとも鼻炎持ちの私にでさえわかる臭い。

これが例えば前の住人の喫煙癖によって壁紙に染み付いた臭い、程度なら我慢できるけれど明らかに現役で吸っている臭いだ。

さすがに子供がいる前でタバコをふかしているとは思えないから、保育ママの旦那さんが在宅時に、もしくは子供がいない間に保育ママ本人が吸っているのだろう。そういえば最初に見学の申し込みの電話をしたとき、鋭い夫は「声がしゃがれていてへビースモーカーみたいな人だった」と心配していた。

これは耐え難い。

この保育ママは私たち夫婦にとって、近隣の保育園がすべて満員でやっと紹介してもらえた一縷《いちる》の望みだった。ここに預けなければ、私の昼間の仕事時間はない。

それでも、やっぱりタバコの臭いは無理だった。子供の服に臭いが移りそうなのも小さな肺にわずかでも空気中に残っている毒素が入り込むのも受け入れられなかった。

見学を申し込んだ手前、作り笑いを浮かべて一通りの説明は聞いたけれど、保育ママの家を離れてすぐに公園で子供を遊ばせながら、市の担当者に電話をして断りを入れた。

断りの理由は部屋がタバコ臭いのが理由、と告げたけれど、特に反応も詫びもなし。そこは事前にチェックしているのだろうから、きっと市のチェック時はそんなに臭くなかったとかそんな感じでチェックをすり抜け、私たち夫婦は神経質だと思われたのかもしれない。

なんにせよ、じゃあ今回の保育ママへの預けはなしで、ということで落ち着いてしまった。

フィンランドの法律で入園申し込みから4ヶ月以内に保育先を見つける（親の就業や就学などが理由の場合は14日以内）、見つからない場合は他の方法を紹介するということになっていると以前書いたけれど、この保育ママこそが市の紹介してくれた「他の方法」で、我が家が断ったていになっているから、もう切り札は使い切ってしまったのだ。

最後に市の職員は電話口でなぐさめのように、「8月の新学期が始まったらまた空きが出るかもしれないから、そのときは再調整します」と言ってくれたけれど、すっかり入れるつもりでいた私は気が抜けてしまった。今までもきっと入れると言われ信じた結果こうなったのだから、もし空きがあればなんて言葉はあてにならない。晴れて待機児童だ、フィンランド万歳。

下の子が生まれたら3ヶ月ぐらいで仕事量増やそうと思ってたのになぁ、と残念がる一方、上の子が夏以降も家で過ごすなら上手な過ごし方をちょっとは習得しなきゃなぁ、と気持ちの矛先を変えてみたりもした。おもちゃをやたら買い漁ったのもこの頃だし、近所のレイッキプイストにも積極的に通った。

その後夏季になって各園が閉まり、定員状況がどうなっているかどうかわからないうちに下の子が生まれ、新学期も始まり、妊娠中はずっと食べられなかった念願の寿司食べ放題に行ってサーモンメインのヨーロッパ寿司（と私が勝手に呼んでいる、カリフォルニアロールとか裏巻きとかフルーツ握りがある慣れればイケるやつ）をほおばっていたら、一本の電話がかかってきた。

やはり市の保育関連の部署からで、近所の保育園に空きができたから「再来週からおいでよ、見学に来たければいつでも」だのと言う。決まるときはなんともあっさり決まるのだ。

歯を磨かない

再来週から来ていいよ、と言われた保育園は我が家から徒歩20分、隣の駅のそばにあった。

充分通える距離ではあるけれど、第1から第5希望まで書き連ねた入園候補には入っていなかったので下見さえしたことがなかった。理由はひとつ。その保育園のすぐ近くにある小さなショッピングセンターには昼間から酔っ払いやホームレスやその両方もしくは中間といった感じの人々がよくたむろしているのである。

私としては酔っ払いぐらいなら美しくないだけでほぼ無害だし、東京にも似たような場所あるでしょ、とあまり気にしてもいないのだけれど、夫の方が酒で醜態を晒す大人たちを毛嫌いしていた。

いざ見学に行ってみると、当たり前ではあるけれど保育園の中はごく普通のお子様たちが集う場所、治安の悪い地域であることを感じさせない空気だった。

ただひとつ他と違うのは外国にルーツのある子供たちの割合がとても大きい。

例えばうちの子が所属する予定のクラスは担当の先生が2人、子供がうちの子を含めて4人だったけれど、全員見事に外国にルーツを持っていた。うちみたいに親の1人がフィンランド人という子もいれば、両親ともにアフリカの某国の出身という子もいる。他のクラスも同じような感じで国際色豊かだった。

ちなみに、正確にはうちの子を受け入れてくれることになったのは保育園ではない。通常の市立保育園の中の教室を借りて市に運営されている「varakoti（ヴァラコティ）」、英訳するとバックアップハウスというシステムで、近隣の保育園が何らかの理由で閉まったり（施設不良で一時閉鎖などフィンランドではしょっちゅうだ）、保育ママが病気になって子供を預かれなかったりした場合に子供を受け入れる場所だった。なのでレギュラーメンバーの園児はうちの子を含めて4人いたけれど、それ以外にもたまによその子が混じって最大計8人になるときがあった。

施設は保育園とまったく同じものを使うし、よそのクラスの子も混じって園庭で遊ぶので差別化はされていなかったけれどそういう背景があったからこそ、定員オーバーになったこの地域でも滑り込むように入園許可が下りたのである。

見学に行った私たち夫婦はさっそく入園を決めた。焦っていたからではなく、案内してくれた担任の先生がとても優しげで一目で気に入ったからだ。

大人同士で話をしている最中教室中のあらゆる機械に触れまくる我が子にも「元気な子ね」と目を細め、「触っちゃダメ」というような否定の言葉じゃなく「それは大人のものよ」「そのままにしておこうね」と肯定的な言葉をかけていたのが印象に残った。

入園手続きはその場で、2枚の紙切れにサインをしただけだった。子供の名前、社会保障番号、親の名前、電話番号、預け入れる曜日と時間。それから別紙でもう1枚、イベント時に子供の写真を撮ることへの同意書。これはもちろん嫌なら断ることができる。

手続きは5分もかからずあっさり終わって、じゃあ来週ちょっと遊びに来てね、ということになった。慣らし保育というほどではないけれど、給食は出せないから午前の外遊びの時間に親も一緒にちょっと混ざっちゃいなよ、というなんとも軽いノリだった。

このとき生後1ヶ月ほどの赤子を連れていた私は、赤子を抱っこ紐に入れ、文字通り適当に上の子を園庭で遊ばせに行った。

朝、子供を連れて行くと教室に先生は1人だけ。子供が4人以下のときは1人で回しているらしい。外遊びの時間まで、子供たちは思い思いに教室のおもちゃで遊ぶ。先生はそれをソファに座りながら見守り、コーヒーを飲んでいる。私にも世間話をしてくる。

園庭で子供を遊ばせながらも先生たちはリラックスした感じで立ち話し、でも目は光らせている。入園に際し必要なものも、その立ち話の中で教えてもらった。これもびっくりするぐらいに少ない。

雨具、長靴。夏は帽子と日焼け止め。冬は防寒着。バックアップ用の着替え。教室内で履くスリッパ。テープタイプのおむつ。以上。

タオルやエプロン、お昼寝用の寝具は園で用意・洗濯してくれるし、給食用のカトラリーもコップもすべて園のものだ。もちろん使用済みおむつの持ち帰りや、手作り指定なんて習慣もない。

歯磨きがないのもフィンランドの保育園の特徴的なところだ。大人も子供も、歯磨きは朝晩の2回だけ、昼食後やおやつ後はフィンランド発祥キシリトールを推奨されている。子供はラムネみたいなキシリトールのタブレット。保育園でくれるので、持ち物に歯ブラシも歯磨き用コップもない。

地獄の名前付けもそんなになかった。服に名前があればいいけど、靴下は滅多にならないから頑張って名前付けしなくていいわよ、とも言われてずぼらな私は内心ガッツポーズした。楽。本当にその一言に尽きる。そもそも楽するために保育園に入れているんだから仕事が増えたら本末転倒だ。

無事に慣らし遊びを経ていざ入園してからも親の負担はほぼないと言っていいぐらいあっさりしたものだった。その辺は、また今度詳しく。

しっかり防水つなぎ祭り

なんだかんだあったが、無事に保育園に入園。
保育園の1日のスケジュールは、見学に行ったどの園でも似たようなものだった。

7～8時　登園
8時　朝食
9時　外遊び
11時　昼食
12時　昼寝
14時　おやつ
15～16時　降園（お迎え）

朝食も出してくれるのが日本との大きな違いだろうか。何度も書いているけれど、朝は自宅で着替えさせて歯磨きさえすれば保育園に送り込めるので、親にとってはありがたいことこの上ない。

登園時間は園によってもう少し早いところもあるし、当然夜遅くまで開いている園も一部あるけれどお迎えは16時までという家庭が圧倒的に多い。それゆえに、仕事も16時までに終わる。

これは子供が小さいうちはまだ時短で働く人が多いからで、保育料もそれに合わせて7時間以内か7時間以上で変わるようになっている。つまり、8時の朝食に間に合うように連れて行ったら昼寝、おやつが終わる頃の15時お迎えで7時間以内。それより長く預ける場合はフルタイム扱いで料金も高くなる。

朝の登園時は、ロッカーのある廊下で靴と上着を脱がせ室内用のスリッパを履かせて教室まで連れて行く。そこで時間があれば先生と立ち話もするし、仕事に急ぐ場合はじゃあねとあっさり子供を置いて行く。先生は教室で待っているだけ、玄関までのお出迎えもなければ連絡帳もない。気になることがあったら送り迎えの都度話せばいいだけだ。半期に一度ぐらいは先生との改まった面接の機会もあるし、「vanhempainilta（ヴァンヘンパインイルタ）」という保護者会もある。

朝食はプーロ（米やオーツ麦などの粥）が中心だ。食べ終わると子供たちは各々教室で遊び、外遊びの時間になるとクラスごと順番に、先生と一緒に玄関に出て行く。

予定表だけ見ると、外遊びが2時間もあるのね！　と親は喜びそうなものだけれど、私が慣らし保育で見た限り実際は1時間半弱だ。

なぜならここはフィンランド。夏はまだしも、冬に雪やみぞれ程度で出渋るわけにはいかないので、防寒着をしっかり着て外に出る。これがものすごく時間がかかるのである。

室内は暖かいのでTシャツ1枚で過ごしている子供たちが、メリノウールやフリース素材の中間着を身につけ、靴下の上に毛糸の靴下を重ねばきし、つなぎを着る。マフラー、帽子、手袋をつける。なんなら帽子の下にさらに銀行強盗の目出し帽みたいなウール素材のものも重ねる。それから雪が染みない頑丈なブーツ。

2歳児クラスとなればまだ服を自分で着られるか否かといったお年頃なので、これを先生が1人1人助けるとなると時間がかかる。

余談だけれどこの防寒着一式は着せる手間以上にお金もかかる。

例えば真冬用の、防水防寒も兼ねた中綿入りつなぎは、新品で最低でも50ユーロ（6000円）からといったところで、100ユーロ（1万2000円）以上するものも一般的だ。中に着る中間着も上下で50ユーロほど。その他同じような防水機能のしっかりした手袋、帽子、どれも立派なお値段だ。

もちろんそれらをフリーマーケットで買うこともできるけれど、管理の仕方が悪い古着に当たると防水機能が落ちていて雪が溶けたときに染みて体が冷える。死活問題になりかねないので、我が家も子供が2歳を過ぎてしっかり外遊びするようになってからは新品を揃えるようになった。

ぴかぴかの防寒着一式をつけた子供を見て、ふと、この子の身につけているもの、下手したら親より高いんじゃないかと気付き気が遠くなったことがある。しかも真冬だけでなく、9月に肌寒くなってきた頃のソフトシェル素材、雨の多い秋や雪が溶けた春にも対応できる薄めの防水素材、しっかり雨が降った日も外遊びできるレインジャケットとレインオーバーオール（これも夏用と裏地がついた秋用で分かれている）、といった具合に一年中この「しっかり防水つなぎ祭り」が続くのである。もちろん子供だから季節ごとにサイズも変わる。

フィンランドに来たことのある日本の友人が、「フィンランドの子供たちはみんなちっちゃい頃からもこもこのつなぎ着ていてかわいー！」だとか「なんでスキーウェアみたいなの街中で着てるのー？」だとか言っていたけど、年中つなぎなのは雪や砂が入らないようにするためで、それゆえスキーウェアみたいになりがちで、そうじゃないと凍傷その他になるからで、親的にはその危機感と値段からしてぜんぜんかわいくない。

ぐんぐん育つ我が子に合わせてこの機能服を揃えるたびに、これ貧困家庭だったらどうするんだろうなぁと余計な心配をしてしまうほどだ。余談終わり。

保育園のスケジュールに話を戻そう。外遊びから戻ると昼食、それからお昼寝の準備。たっぷり寝た後はおやつ、と食べてばかりな気もするが、その後はまた教室で遊んでいるうちに親が迎えに来るか、長く預けられている子供たちはもう一度外で遊ぶこともある。

お迎え時にも先生と立ち話をする機会はあるのだけれど、我が子が入園して2ヶ月ほど経ったとき、初めてプリントを渡された。

先生との面接に際してこれに記入して事前に渡してね、というものだ。メールで済みそうなものなのにアナログなのが意外だったけれど、お便り自体が普段はあまりないので気にならない。

さてその肝心のプリント、おもしろいことに「お宅の園児は保育園に何を求めているのでしょうか」というような内容だった。この時点で我が子、2歳と数ヶ月。ろくに喋りもしない子にそんな明確なビジョンがあるのかと噴き出しそうになりながら記入して面接に臨んだ。その話はまた次回。

喋れない子供にビジョンを問う

保育園が始まって2ヶ月が経とうという頃、担任の先生との面接があった。と言ってもそんなに改まったものでもなく、お迎えの時間に子供をいつもより長めに教室で遊ばせておいて、その間に別室でお話をしましょうというような感じだった。ただ、その面接に先立ってのアンケートがとても込み入っているというか深いというか。

日本だったら「ご家庭での様子は？」とか聞かれそうなところを、子供の保育園に対するビジョンを聞いているのだ。以下、そのアンケートにあった質問リストだ。

・子供の長所と興味のあることは？
・子供は保育園の先生、友達、サービスについてどう思ってる？
・子供が保育園に対して求めていることは？　そして保育園はどんな風にそれに応え

ればいい？

・両親が保育園と協力していきたい取り組みは？

親が保育園に対して求めていることよりも、子供のニーズを先に聞いているのが私にとっては新鮮で、子供が中心なんだなぁと感心させられもした。子供も1人の人間、という考え方はフィンランドのいろんなところに散らばっていて、賛同しているつもりなのにときどき不意打ちみたいにはっとさせられる。

それと同時に親として、子供が保育園で普段どうしているか気にすることはあっても、何を求めているかなんて思いついたこともなかったので、逆に考えさせられる質問でもあった。

2歳児。まだろくに喋りもしないし、しっかりした人間の言葉よりも猫や豚の鳴きまねをしているようなお年頃だ。もちろん質問しても返ってくるわけでもないのだけれど、この子なりに将来のビジョンなんかはあるのだろうか。保育園のサービスに文句とか。いやいや、今はまだ右も左もわからず迎えに行くとしょっちゅう目が泳いでいるフェーズだ。「自分は保育園を利用することによってこうなりたいからここをこうした方がいいと思います」、キリッ、なんて学級委員長みたいな発言は数年出そうにない。

しばらく考え込んだ結果、無難に「エネルギーを発散させつつ集団行動を学べればと思っています、親は」と書いて面接に持っていった。

面接では担任の先生が私たちのアンケートを一通り読んだあと、入れ違いに手書きのプリントをくれた。そこには子供の普段の様子が書かれ、学校の成績表のコメント欄のようでどこかおかしかった。

「アクティブな2歳児。興味の矛先は、パソコンなどのメカ類、キャビネットとその扉、それから特に、触ってはいけないと言われたもの。昼寝はよくし食事も自分で摂れる。おむつ使用中」

子供の興味があること、って音楽とか絵とかブロック遊びとかそういうのじゃないんかい、とつっこみを入れたくなったけれど、まあ実際にうちの子は先生の言う通りである。

百合の花のように可憐で細身の、フィンランド女性では珍しいタイプの先生はふふっと笑って「いつもキャビネットのドアとか電灯のスイッチとか触ってるわ」と教えてくれた。でもそれが悪いとか、家庭での教育がどうこうとかそういう話には一切発展しなかった。たぶん、私たち夫婦が口すっぱく言い聞かせているのなんてお見通しだったのだろう。

そういえば迎えに行くとよく「この子食後に顔を拭くとすごく抵抗するのよねぇ」とか「本当に素早くてさっきここにいると思ったらもうあっちに行った、ってことがよくあるわ」とか先生たちは笑っているけれど、それだけ。まあこういう子もいるわよね、的な笑い方だ。

親からしたらそういう子供の特性で先生や他の子を困らせていないかと日々心配していたのだけれど、ああそんな笑うような些細な問題なのか、と気持ちが楽になったのは言うまでもない。

「成績表」の後半には、これからおむつ外れや着替えなどどうトレーニングしていくか、という指針も書かれていた。

これこそが、保育園に入れてよかったなぁと私がしみじみ感じた点である。

今までは家庭と、たまにあるネウボラおばさんとの面会で、どう育てていくか、どう問題に対処していくかと四苦八苦していた。そこへ保育園が介入することで子供のことを一緒に考えてくれる大人が増える。出産以来ずっと張り詰めていた気持ち、子供を死なせないように、怪我させないように、よく育つように食べるように年相応の成長ができるようにと懸命に考えながらも自分の非力さばかり感じていた日々から少し、解放された気分だった。

しかしその後皆さんご存知の通り、コロナでフィンランドの保育園も自粛休園になりまして。その前にも日本への帰国で長期休暇とか、子が原因不明の皮膚病になって病名を突き止めるまで元気なのにずっと病欠だとか、まあ子供あるあるでそんなに通えなかった保育園1年目だった。

そしてあろうことか、第一子の通っていた保育園はそのまま廃止になって、再び待機児童というか保育園迷子になったのである。やっとコロナも落ち着いてきてそろそろ復帰かな、と思った矢先、「お宅の次の園はまだ決まっていないんだよね」とある日突然お知らせが来るという。

その話は長くなりそうなのでまた今度。次回は保育園でのイベントの思い出を。

そうだ。忙しいから保育園に入れているのだった

フィンランドの保育園にはイベントが驚くほどない。

理由は明確で、みんな忙しいから。共働きが前提の社会なのでわざわざ子供のイベントのために頻繁に休みを取っていられないし、週末は家族のために使うものなのでバザーだとか運動会だとかやっていられないのだ。入園式も卒園式もない。

それでも1軒だけ、見学に行った保育園の中で「うちは課外授業にも力を入れていて芸術鑑賞に親も交えて出かけたりしますよ」というところもあったので、園によってまちまちなのかもしれない。ちなみにそこは同じ市立なので保育料金は同じ。課外授業には必要があれば別途集金をするのだそう。

上の子供が通った園ではあっさりしたもので、2歳児クラスだった1年間、そういった時間を捻出する必要のあるイベントは一切なかった。

覚えているのはお迎えのときに親も一緒に遊びましょう、という企画が2回。いつ

もの園庭に仕掛けられたちょっといつもとは違う遊びをする試みだ。砂場の枠の上を歩いて端までたどり着きましょう、とか。柵にぶら下げられたネットの中にボールを投げて入れましょうとか。日常が非日常にほんの少し傾くだけでも子供は喜ぶ。親も他の子の親と顔を合わせるいい機会だ。お迎えのついでなので時間を作る負担も少ないし、第一参加自由なのでよければどうぞという感じ。

それから保護者会も一度。同じクラスの親と、先生がお話しする機会なのだけれど、これは残念ながら風邪気味だったので遠慮させてもらった。ただうちの子が通っていたクラスは見事に外国人の親だらけだったので、フィンランド語で行われるその会に他の人たちが参加したかどうかは怪しい。もしかしたら参加者ゼロだったのかも。その後、こんな議題が出ましたという話題も先生からはなかった。

おじいさんおばあさんを呼んで保育園を見てもらいましょう、というイベントもあった。知人の子の保育園であった名付け親を呼びましょう、という会に呼ばれていったこともある。どちらも、普段の様子を見てもらうだけなので園もそんなに準備に手がかかっていない。

それと一番印象的だったのは、写真撮影のイベントだ。

フィンランドにはどうしてだか、koulukuva（学校写真）という習慣がある。日本のクラス集合写真と同じようなもので、カメラマンが学校や保育園に来て写真を撮ってくれるのだけれど、日本との違いは集合写真のほか単体でもポーズを決めて背景がグレーとか水色のスタジオ写真を撮る、という点だ。そして兄弟だとか仲のいい友達と合意して一緒に撮ることもある。きっと家庭にカメラがなかった頃の古い習慣がいまだに残っているのだろう。

よって、上の子が保育園に通い始めたその年、下の子はまだよちよちさえもしないほんの赤ん坊だったのだけれど、写真を撮るから連れておいで、と保育園の先生に誘われた。同じ園に通っている必要はないようだ。知人の子の写真を見ると、兄弟姉妹でハグしていたり、お揃いを着たりと微笑ましい。

発表会のようなものは、親戚の子が保育園を卒園するときに一度だけ、お目にかかったことがある。園庭で保護者が見守る中みんなで歌を歌い踊るという小規模なもので、その後コーヒーとお菓子を囲んでおしまい。やはりあっさりしている。

その他保育園のイベントで、親が参加するものではないけれどいいなぁと思うのは、インドウィークだとか中東ウィークだとかがあって、その週の給食はその国や地域を彷彿とさせるものばかり。例えばアメリカンウィークのときはハンバーガー、ホットドッグだとか、アイスクリームまで出ていた。室内工作の時間にも、アメリカの国旗の赤と青と白で輪っか飾りを作ったり自由の女神の王冠を模したものを作って着けたりと賑やかだった。もちろんフィンランド本来のイベント、イースターやクリスマス、父の日母の日なんかにも関連の飾り付けやお手紙作りは行われている。

それらのイベントは、お迎えのときに「今度こういうのやるのよ」と告げられ、工作物ができれば「どうぞ持ち帰ってね」と渡されるだけだ。親の準備はもちろんない。

あとはときどき地域の図書館に子供たちを連れ出してお話し会に参加とか、全クラスで外遊びして写真を撮りましょうとかいう小規模なイベントのときに、リアルタイムで保育園からメールが飛んできて写真が送られてくる。もしくは園のＳＮＳに投稿される。たぶん子供たちがお昼寝の間に先生が写真を選別してくれているのだろう。お迎え時にはもう今日何があったか知っているので、先生からさらに詳しく聞いたり、子供に「お母さん実は知ってるんだもんね」とスパイのふりをしたりする格好の機会である。

日本みたいに細かくイベントがあってほしいかと聞かれると、あまり保育スタッフに負担をかけてほしくない、というのが本音だ。運動会、遠足、お遊戯会なんて特に、園側も親も大変になる。普段立ち話で軽く先生方と話す機会が多いからこそあまり不透明なことはなく、大掛かりな非日常をあえて見たいとは思わない。

その宣言はある日突然に

フィンランドの保育園や学校でおもしろいなぁと思った習慣に、年度終わりの先生へのありがとうギフトがある。

日本だったら賄賂だとか贔屓だとかを避けるため受け取ってくれなさそうなものだけれど、後ろめたいことがまったくないのかこの習慣は長く続いている。しかも子供の手作りのカードなどというかわいらしいものではなく、親が選ぶしっかりした贈り物だ。保育士をしている友人に今まで何を受け取ったか聞いてみると、お花、チョコレート、マグカップなどの日用品の他に「1人で開けるのにためらわれるようなちょっといいお酒」なんてものまであったそうだ。贈り物とはいえ園に酒瓶を持ち込む親もなかなかすごい。

我が家の場合、子供が保育園に行き始めて最初の年度にコロナで保育園が休園になってしまった。

公式には保育園は「通常通り」開いている。しかし園の代表から電話がかかってきて「お宅本当に保育園必要？」と聞かれた。保育園に入る前も入園審査待ちの状態で地域の担当職員から同じようなことを聞かれてイラッとしたけれど、今度は事情が違う。幸運なことに私も夫も普段から家で仕事をしている。「いや、必要ないです」と答え自主休園となった。ここでの本当に必要か否か、は医療従事者や職場でなければ完結しない仕事に就いている人、を指している。

そして5月半ば。フィンランドでは学校も再開し親は職場へ、園児は保育園へ戻り始めたけれど、我が家は夫の育休と夏期休暇が余っていたため、6月いっぱいは保育園に預ける代わりに夫が子供たちの世話をして、今度は私が思いっきり働くということにした。

それを園に告げると「6月からはこのクラスなくなるから秋から転園ね」とあっさりと年度が終了したのである。

フィンランドの保育園は年間を通して開いているものの、上の子が学校に通っていたりすると親もそれに合わせて長期休暇を取るため、夏になると自然に保育園に来る園児の数も減り、近所の保育園と統合したり地域のバックアップ用の施設に通ったりする。

うちの子が通っていたのはそもそもそのバックアップ用のクラスではあったのだけれど、地域の子供増加に伴い来年度からは少人数制のバックアップ用クラスではなく通常クラスにしちゃいましょうという市の決定が下り、夏期休暇を前に泡のように消滅した。

え、そうなると子供はもうクラスメイトやお世話になった先生に会えなくなっちゃう。そのままさよならっていうのもあんまりなので、自主休園している手前会わせに行くことはできないけれど、せめてお礼を、と子供手作りのカードと、お礼のプレゼントを先生方に渡すことにした。

選んだのはギフトカード。味気ないけれど外れもしない無難なところだ。こういうとき、ささっと普段の動向から先生の趣味を引き出してベストな贈り物をできるような大人に、いつかなりたい。と言いながら私はきっと老いるのだろう。

さて、無事に贈り物も済んで保育園に置きっ放しだった着替えなんかの荷物も引き取り、肝心なのは次の保育園。

もしやまた一から見学して申し込みして法に則り4ヶ月待たされて、となるのだろうか。通常クラスに変更される同じ園に滑り込めないのだろうか。とやきもきしていたら、家から一番近い園への転園が決まったと連絡があった。もともと、第1希望として申請してあっさり落ちたことのある園だ。

やった！　あそこなら車の通らない森の中を歩いて行けるし、今まで徒歩20分だったのが10分になる。小さい園なのでうちの子にも合っている。

と喜びはしたけれど、そういえば次の園はどこに入りたいかなどまったく聞かれていないことに気がついた。

自然とベストな園を選んでくれてありがとうヘルシンキ、と取るべきか、たまたまいいところに入れたからいいもののこちらの事情も聞かずにと怒るべきか。自分の出方がわからなくなることが海外暮らしだとたびたびある。結果オーライ、なのか？　これ。

というわけで、第一子は新しい園での生活を始めている。もう二度と待機児童なんてめんどうくさいことになりませんように。と願ってはいるけれど、次は第二子の入園と引っ越しも待ち受けているので、まだこの保育園生活、どうなるかはわからない。

不満だっていっぱいあるのだよ

久しぶりに言葉の壁にぶち当たりいやぁな汗をかいた。我が子を連れて行った診療所での出来事だ。

私と女医さんは子供を挟む形で向き合っていた。静かな診療室に変な緊張感が漂っている。

先生はときどき口を開いては、何かを言いかけ、やがて諦めてしまう。言葉を探すように机の上の古いパソコンを操作しているが、目が泳いでいるように見える。

簡単な診療のはずだった。子供の体にポツポツと発疹が出ていた。痒みはない。周囲にうつるかもしれないので保育園をお休みし、予約をとった診療所で患部を見せて、基本的な質問に答え、先生があたりをつけておしまい。そんな風にいくものだと。

しかし問題は、言葉だ。

外国人にとって病院に行くというのは、毎回試練だ。母国語でも知らなかったような病名や薬名の現地語を調べて頭に叩き込んだりメモを取ったり、という準備がいる。とはいえ私は移住後何年か経っているし、子供を診療所に連れて行くのも初めてではなく水疱瘡やら麻疹やら、子供がかかりそうなもの、もしくは予防接種を済ました病名なら習得済みである。

なので気軽な気持ちで診療所に来たのだけれど、出迎えた先生の方も外国人だった、という。

明らかにフィンランド人ではない先生は、アクセントをごっそり差っ引いて単調にしたフィンランド語を、ささやくような声で話す。

診療室に入ってしばらくして、フィンランド語が苦手なのかもなと思って「英語は話しますか」と聞いたら「話すけどヘタです」と返ってきたのでフィンランド語で会話を続けた。

先生の言っていることは、全神経を集中させればなんとなくわかる。ただし返ってくる言葉が少ないのだ。

例えば私が「こういう病気の可能性はありますか？」と聞く。家で調べてきた病名だ。

「なに？」と聞き返される。

私の発音が悪いのかもなぁと内心落ち込みながら繰り返し、それでも首を傾げられたので紙に書いて見せる。

すると先生はパソコンの辞書を使ってそれを調べだす。

辞書使うんかい、と驚きながらも答えを待っていると、「違う、これじゃない」。以上。

なんで違うのか、違うなら他の可能性のある病気は、という答えがまったく返ってこない。また診療室に沈黙が戻る。古いＰＣが唸りをあげる。その繰り返し。

そんな感じでなんとか診療、というかつぎはぎだらけの会話が終わって、結局診断は「よくわからないけど水疱じゃないから水疱瘡じゃない、人にはうつらない」と心強いんだかどうだかなお墨付きをもらい、このクリームを1週間塗って治らなかったら来て、と処方箋を出してもらった。

出た出た。フィンランド名物「1週間経って治らなかったら」戦法。

実際、それで治らなかった。馬鹿正直に、診療所の予約を再度取った。

今度は夫に子供を連れて行ってもらうことになった。前述の通り会話が続かないのを、私は自分の未熟なフィンランド語のせいかもしれないと思っていたからである。ちなみに診療所に医者は数十名いるものの例の先生は子供の主治医として登録されているから通常担当は変わらないのだ。

しかし帰ってきた夫が呆れ気味に「君の方がよっぽどフィンランド語うまいよ」と大変消耗していた。どうやら本当にフィンランド語での会話が難しい先生らしい。

悪いなと思いつつ、電話を入れて担当医を変えてもらうことにした。

話は少し遡って、数年前。

私がこちらでフィンランド語教室に通っていたときのクラスメイトに、偶然にも医者が2人いた。2人とも母国ではキャリアを積んできた医者で、どのクラスメイトよりもフィンランド語の上達が早く、みんなその2人についていくように勉強していた。語学習得の暁には、彼女らはフィンランドで医者業に戻ろうとしているのだという。

彼女らはフィンランド語の難しさを呪いながら、更に「この後スウェーデン語も学ばないといけないのよね」とため息をついていた。スウェーデン語もフィンランドの公用語であるからである。彼女らは英語もペラペラだったので、なるほど、お医者さんというのはフィンランド語と英語ができるだけじゃダメなんだな、とみんなで同情したのを覚えている。

だからこそ私は、外国人の医者でもフィンランド語は話せるものだと勝手に思い込み、そうでないことに失望してしまった。だってここフィンランド。現地語が通じないでどうする。

これは私が外国人の比較的多い地域に住んでいるから、というのも関係していて、この地域の診療所の医者リストを見ると半数近くが外国人名なのである。その多くはロシア系やアラブ系で、そっちの言葉の方がフィンランド語より需要があるのかもしれない。もちろん外国人でも綺麗なフィンランド語を話す人はいる。

しかし診療所への不満は語学力だけではない。

フィンランド人、外国人によらず医者たちがとりあえず薬を出し、「1週間経って治らなかったら」戦法を使いまくるのである。

例えば子供の湿疹のときにはコルチゾン。ヒドロコルチゾン。抗生物質と併せて飲む乳酸菌タブレット。かゆみもないのに抗ヒスタミン薬を出されたときは素人の私でさえ首を傾げた。そしてまた別の何かの塗り薬。

薬局でそれらを処方される際、「なんで子供にこんな薬を出すんだろう、強くて普通は出さないのに」などと薬剤師が不審がることもしばしばで、おかげで今となっては診療所を出たらすぐに処方薬や他の薬との組み合わせなどを詳しく調べる癖がつき、私はそのうちにちょっとした薬学者になれそうだ。

これらの薬はもちろんタダではない。処方箋が出ていると保険が利くには利くが、こちらの塗り薬、やけに大きくて一本50gだとか100g単位で売るのである。お値段は10~20ユーロぐらいで、開封後3ヶ月未満しか使えないものも多い。抗生物質に至っては10日分で50ユーロ（約6000円）した。それを毎週、手を替え品を替えと買わされるのだから出資者としてはたまらない。

日本でアトピー患者だった私は、軟膏といえば手のひらサイズの5gか10gを数本出されるのが普通だったので、フィンランドの薬の大きさ、無駄の多さに辟易している。

それでも治ればまだいいのだけれど我が子の皮膚に現れた紅斑は治らず、最終的に医者が患部を写真に撮って「専門医にメールで送る」とまで言い出した。その撮影方法が、何年も前のものと思われる古ぼけたデジカメで、であるから私も夫も呆れかえってしまった。

それなら最初から専門医への紹介状を書いてくれれば無駄な薬も買うことなく話は早かったのに。

公共の診療所「Terveyskeskus（テルヴェウスケスクス＝健康センター）」はその名をもじって「Arvauskeskus（アルヴァウスケスクス＝推測センター）」と揶揄されている。医者は診断ではなく推測しかしないから、だそうだ。最初聞いたときはそんなひどいことを、と顔をしかめたが、今なら深く頷ける。

結局最終的には紹介状を持って大学病院の皮膚科へ行き、見事に診断名がついて湿疹も治った頃には、我が家の洗面所は薬局のように薬で溢れかえっていた。総額にして数万円。それらはやがて使用期限がやってきてほぼ使われないままゴミ箱行きになった。

公共で無料の診療所が嫌なら個人で保険に加入して私立の診療所・病院に通うという選択肢もある。しかし一度診断された持病で、アトピーや小児喘息など繰り返す可能性のあるものは保険対象外になってしまうので、年間数百ユーロを払って保険に入る意味があまりないのである。

本当にこういうフィンランドのやり方、貧困家庭だったらどうするのだろうといつも疑問に思ってしまう。

どこの国でもあるお話

ずっとこの話を書こうかどうしようか迷っていた。差別と、外国人として生活することの話。楽しい話題ではない。

大前提としてフィンランドは暮らしやすい国ではある。日本人である私にとって、と書き加えた方が正確かもしれない。

ガイドブックなんかによるとこの国には親日家が多いということになっている。でもそれは人種差別がないという話とは別次元である。本当に親日だとして、じゃあ他の国に対しては？　日本人よりもっと肌の色が自分たちとかけ離れている人に対しては？

どちらかと言えば、欧州の中でも移民の割合が低いこの国において、外国人という存在そのものに対し田舎的だなぁ、閉鎖的だなぁと感じることもしばしばである。

私の現在の家は、外国人が多いとされている地域に隣り合っている。

現にその地域にある、第一子が最初に通った保育園の、ざっと見て園児の3分の1ぐらいは外国ルーツを持っている子たちだった。肌の色が黒い子や、浅黒い子。一見フィンランド人に見えるけれど兄弟同士や友達同士、母国語で会話している子なんかが混ざっていた。

それなのに、今私が住んでいる家の自治体には変なルールが昔あったようで。1980年代後半に建てられたこの辺一帯のテラスハウスには、当初、「外国人は購入できない」という縛りがあったそうだ。

それ人種差別じゃないの。しかも90年代後半までそのルールが残っていたというんだから、私がちょっと前にフィンランドに来ていたらここには住めなかったってことだ。普通に怖い。

今やったらあっという間にSNSで炎上し、裁判で負けるような案件だけれど、そのルールがようやく紙面から消えただけのフェーズに私たちは生きているんだなぁとたまに警戒心を強めることがある。

例えば、夫が子供の頃の80年代。当時は肌の色が白くない人は田舎では珍しかった。

それだけを理由に彼の育った地方都市では、移民が出した飲食店が何度も襲撃されたらしい。

営業時間外に窓ガラスを割られた、とか、営業中にも石を投げられた、とか。見た目も言葉も違う外国人が様々な困難を乗り越え、稼ぐべく合法に出した飲食店である。それを外国人だからというだけで攻撃する輩がいるなんて恐ろしい話だ。そしてその襲撃していた馬鹿者たちの大半は、たぶん今の時代にもまだ生きている。


政党の中には堂々と「外国人いらない」と掲げる党もあり物議を醸すものの、それを支持する人も減るどころかここ数年は増えるばかりである。

この背景には移民が増えすぎて、今まで税金を納めていなかった私のような移民も一度市民権を得れば無料の教育、基本医療など高福祉の恩恵を受けられるという、もともと何年も高税を納めていた人からしたら「いいとこ取り」のように見える現状への不満がある。俺たちの高税は怠惰な異邦人を支えるためにあるんじゃないぞ、と。

外界からの者を排除したがり自分たちと同等に扱わないのは、どの国でもどの村でも起こる自然な現象だ。日本でだって何度も目にしてきた。

とはいえ私がフィンランドで受ける差別といったら、幸い石を投げられたことはまだなく、ごく地味なものばかりだ。

住み心地がいいと評判のエリアに住んでいたときは、その地域を走るバスに乗っていただけで後から乗ってきた人に上から下まで何往復もじろじろ眺められたことがある。高齢の、貴婦人みたいな帽子をかぶったおばあちゃんだったから無理もない。平和な私の町になんでアジア人が、とでも思ったのだろう。

同じくそのエリアのローカルなパブにランチを食べに行ったら、やはりローカルなおっさんにじろじろ見られたこともある。私は店で提供される食堂エリアの健全なランチを食べに来ただけ、見られるべきなのは昼間っから暗いバーエリアでビールを呷っているおっさんの方ではないか。

隣にいた夫も気付いて今にも怒り出しそうなほど不躾だったので、先に「はいはい、私がこの町で最初の美しいアジア人ですよー」と聞こえるように言っておいた。

その後外国人の多いエリアに引っ越して居心地は少しよくなったけれど、不当な扱いはそれでもある。

ある日最寄り駅のエレベーターを降りると、先に降りていた老女が目の前に立ち止まって通路を塞いでいたので横をすり抜けたところ、びっくりされた。驚かせてしまったかなと思い「失礼」とフィンランド語で言ったものの彼女の腹の虫はおさまらず、後ろから「あほ」「馬鹿な外人」「フィンランド語もわからないのか」と暴言が追いかけてきた。当然無視した。

その後も彼女は同じ電車に乗って私のすぐ隣の車両で、向かいに座る見知らぬ人に「ちょっと聞いてくれ」「アホな外人が礼儀も知らず」「フィンランド語も話せずにこの国に住むな」と大声で話し続けていた。話しかけられた方の女性は私の姿に気付いて、気遣うような視線を送ってくれていたけれどそれだけ。私は目的地まで十数分、老女の語彙力の低い罵詈雑言をただ聞き続け、腹立たしいことに完全に理解し、口元に笑みを貼り付けていた。

話せることを証明するために「口を洗え」とでも言えばよかったのだろうか。フィンランド語で暴言を吐いた子供などに言う慣用句だ。1人だったらたぶんそうしていたけれど、ベビーカーに乗せた赤子を連れていたので、万が一格闘になった際に子連れ狼ほど敏捷に立ち回る自信がなくやめた。

それよりももっと自尊心を傷つけられるのは、相手の無意識の差別だ。

子供の保育園に積極的に英語で話しかけてくる保育士の先生がいるのだけれど、保育園の公用語はフィンランド語なので私は普段からフィンランド語を使うようにしている。それなのに英語で返してくる。相手はたぶん、親切のつもりなのだろう。

同じ先生があるとき、子供が父の日のプレゼントとカードを持って帰れるように用意してくれ、やはり英語でこう説明した。

「私たちにはね、父の日というイベントがあって、お父さんに感謝を伝えるの。それでプレゼントを作ったんだけど……」

父の日はフィンランドだけの高尚なイベントだとでも思っているのだろうか。日付は違えど世界各国にあるぞおい。頑なに英語しか喋らない保護者ならともかく、フィンランド語で話し配偶者もフィンランド人である私の文化認知度をどう想像したらそんな物言いになるのか。「私たち」に私は含まれていないと思っているのだろうか。きっと思っているのだろう。

こういうことは、じろじろ見られたり暴言を吐かれたりする以上に、よくある。夫婦並んで銀行員や不動産屋、店員と話すとき、私の方は見ずに夫にだけ話し続ける人たちというのは一定数いる。私がフィンランド語でコメントを挟むと一度は見ても、またすぐに夫の方だけを見続ける人たち。そういう人は信頼できないので取引しないことに決めている。小さな復讐。相手は気付かない報復。

もちろん私には彼らの心理もわかる。明らかに外国人である見た目の、発音に訛りもある人間を、多くの人は一人前とは扱えない。なんなら言語の問題以外に知能や文化水準も低いと無意識に思い込んでしまう傾向があるのだ。その事実のよし悪しはともかく、同じ問題を東京で一緒に働いていた各国の外国人が抱えぼやいていたので、ああ自分の番が回ってきたか、と残念に思うだけだ。

結局のところそれを面と向かって人種差別ですよ、と指摘するほど私は場慣れしていない。もっと言えば日常的に差別され慣れていない、そのことにはフィンランド社会に感謝すべきなのかもしれない。

ただたまに不意打ちでやってきて人の精神を疲弊させる。そんな厄介な差別とはいつか折り合いがつくとは思えないし、いつかなくなってくれるとも思わない。それはフィンランドが特別なわけではなくどの国に行っても同じことなのだ。

病気はするまい

フィンランドで病気、怪我をしてまず最初にかかる公立の診療所は予約が取りにくいことで有名だ。

この診療所、基本は予約制なのですぐにかかりたければその日の朝8時きっかりに電話をかけなければいけない。出遅れると今日は予約がいっぱい、なんてこともある。朝一でも混み合っているので折り返しになることも多い。

それでやっと電話が繋がったら、もしくは折り返しがあったら、自分の社会保障番号と病状を伝える。これこれこういう理由で医者にかかりたい、とはっきり言ったとしても、窓口の人に必要ないと言われることもあるし、医者じゃなく看護師に診てもらいましょうというケースもある。今日この時間しか空いていないけど、と言われて、その時間は仕事が、なんて言おうものなら、じゃあ急ぎじゃないのね、２週間後にどうぞ、というのも充分あり得る。

そんな具合に予約からして難関なのでミシュランの星付きレストランの方がよっぽど入りやすいのではと密かに思っている。

移住1年目、口唇ヘルペスができた。日本でなら薬局で「以前に口唇ヘルペスだと診断されました」と口頭で確認後、鍵付き棚の中に入っている薬を購入することができる。

口唇ヘルペスの薬は強くそういう制度になっていると聞いていたため、フィンランドでも地元の診療所の予約を取った。いや、正確には当時フィンランド語ができなかったので、夫に予約を取ってもらった。処方箋が必要なので、と言ったらすんなり予約は取れた。

そしていざ診てもらおうとすると、実際に取れていた予約は医者ではなく看護師枠だった。とはいえヘルペスには治療も診察も必要なく処方箋が欲しいだけなのでその旨を伝えると、若い看護師にため息をつかれ、

「なんで来たの？」

と聞かれてしまった。

口唇ヘルペスの薬は薬局から処方箋なしで買えるはずなのに、と彼女は言う。

いやいや、そんなこと知らなかったし処方箋が欲しいって予約の電話口で伝えても特に咎められなかったんですけど、と言うと、

「今から医者診察に回して処方箋出すこともできるけど、結局診察代かかるのよ？処方箋で浮いた薬代なんて飛ぶわよ」

と吐き捨てられた。

確かに処方箋を出してもらった方が安い薬というのも世の中にはあるのだろう。でもそこまでは考えていなかった。

ちなみにヘルシンキ市の公立診療所の診察代は無料である。彼女は新任なのか自分の仕事に無頓着なのかすっかり誤解をしていたようだが、移住して一年も経っていない私でも知っていた。私がそれを指摘すると彼女はフィンランド語でどこかに電話をかけ事実を確認していたようだが、電話を終えても自分の間違いを認めることなしに、

「とにかくできることはないから帰って」

と私を追い出した。

もう二度と診療所なんて行くものか、と思ったのは言うまでもない。

しかしその数年後、風邪をこじらせてしまった。

妊娠中でヘタに薬も飲めず、おまけに気管支炎にかかったようで咳が2週間も止まらない。私は高熱を出すとそのあと咳が長引くのだが、気管支炎も数回かかったことがあり日本だと解熱剤だの咳止めだの処方してもらっていた。ごほごほとやるたびにつわりの吐き気がこみ上げてきて食べることも動くことも眠ることもかなわないので診療所に行くことにした。

どうにか予約を取れたのはまたもや看護師診察枠だった。案の定、

「何しにきたの？」

と開口一番に言われた。前回よりは丁寧な態度の看護師ではあったけれど、その言い草はない。

私は気管支炎にかかっているかもしれないこと、咳で眠れないこと、を訴えてみたものの、

「あなた仕事はしていないのよね？」

と的外れな質問で返される。そのとき私は無職。なんの関係があるのだろうと不思

議に思っていると、

「それじゃ仕事休むための医者の診断書もいらないでしょう」

と看護師は言ってのけた。

フィンランドでは医者の診断書があれば日本みたいに有給休暇を削ることなく、有給の病気休暇が取得できる。つまり風邪ごときで医者にかかる目的はその紙切れ一つ、逆に無職なら来る必要はないと言いたいのだ。

咳は、気管支炎の可能性は、胎児への影響は、と聞いてみても、

「医者も忙しいし、別に呼んで診てもらってもいいけどできることはないと思うわよ。咳はひと月ぐらい続くのは普通だし、赤ちゃんへの影響もなし。つらいなら寝てるしかないわね」

と申し訳なさそうに言われてしまう。

その看護師曰く、咳はひと月もすれば治るから妊婦かどうかに関係なく薬は通常出さないのだそうだ。気管支炎だとしたら気管支炎、以上。そういうことらしい。

日本はすぐに薬を処方しすぎる、というのはわかっている。

それでも自然治癒に任せてひと月も寝ていろというのはいささか乱暴な気もする。

無職だっていろいろやることあるんだこのやろう。
と心では暴言吐いたもののどうすることもできずに、やはり帰って寝て咳して吐いての生活をしばらく続けただけだった。

なおフルタイムで仕事をしている人は会社や組合が契約した私立病院があり、公立の診療所にかかることなくすぐに医者に診てもらえる。

私はその後無職ではなくなったけれど如何せんフリーランスなのでやはり公立の診療所にかかる必要がある。ただしこれらの素敵な診療所体験のおかげか、風邪をめっきり引かなくなったし、日本で何年も皮膚科に通っていたアトピーもどういうわけだか治ってしまった。

フィンランドでの自然に囲まれた健康的な生活のおかげ、と爽やかに微笑めたら美しい話なのだろうけど、無意識のうちに防衛本能が働いているとしか思えない。このままでいけ、我が身。

離婚大国の婚活

最近周りがどんどん離婚していく。

先月は親しい友人が長年連れ添ったパートナーの家を出て新たな門出を祝ったばかりだし、先週もお向かいの奥さんに「元気?」って挨拶したら「ええ、離婚したの!」ってにっこり。3人の子供を抱えている彼女、どうするんだろうとこちらが心配するまでもなく、幸せそうだった。

それから日本の友人も、日本において何組か離婚している。これを書いている私は今30代後半だから、友人たちも同じ年代が多く、ちょうど結婚して数年を迎えて第一次離婚危機が訪れる頃なのかもしれない。

フィンランドの離婚率は5割だとか言われている。日本は3割超えだからそれに比べるとちょっと高い、ぐらいになるのだろうけど、フィンランドでは実際は事実婚しているカップルも多いのでそれを入れると8割にもなる、とも言われる。

つまりまあ、だいたいみんなが離婚すると考えていい。子連れでもなんでも関係ない。

そんなに離婚率高いなんて、と数字だけ見ると悲惨な気もするけれど、実際離婚できるっていい。いや、そりゃしなくて済むならしない方がいいに決まっているけど。もし相手に愛想が尽きたら、暴力を振るわれたら、浮気されたら。

「あっ、じゃあいらないです」ってレジ袋有料を告げられたときみたいに軽やかに言って別れる選択肢があるというのは間違いなく幸せなことだ。代償を払うお荷物は人生にはいらんもんね。

で、だ。

私は今のところまったく離婚する気配もつもりもないのだけれど。別れた友人たちのその後を見ていて、万が一別れて、その後婚活なんてものをすることになったらどうするのだろう、とまれに想像してみる。また結婚したいかどうかはさておき、本当にそんなことが可能なのか、と。

そんなことというのは、バツイチ、子持ち、外国人の私が、ここフィンランドにおいて新たなパートナー探しをする、という設定だ。第一私、フィンランドでのパートナー探しの方法さえ知らない。

友人たちを見ている限り、今の主流はやっぱりネットらしい。ティンダーももちろん流行ったし、その他デートサイトもたくさんある。シニア向け、シングル親向けに特化した出会い系サイトもある。それから何十年と変わらない、飲み屋で、という手法もまだまだ現役らしい。いや、赤提灯的なところじゃなくて、ちょっとおしゃれなバーでね。同性同士で飲みに行く。気に入った人がいたら声をかける。または声がかかるのを待つ。連絡先を交換する。

ああめんどうくさそうだなぁ。と書いているだけで投げ出したくなっている私は間違いなく婚活に向いてないのだけれど、そういうあれこれを乗り越えて、実際２人で会うことになったとしよう。

さてどうする？

まったくわからないから、我が家のフィンランド人代表・夫に聞いてみた（誤解のないよう説明するのが大変だった）。

夫曰く、どういう出会い方をしたとしても初めのデートはお茶かランチ、なのだぞうだ。バーで出会ったときすでに話が盛り上がって共通の趣味とかない限りね、と。

ふむふむ。

昼間会うのは女性に警戒心を抱かせないためと、バーの暗い照明下や出会い系サイトの写真じゃ顔が違って見えることも多いから重要、とのこと。なるほど。確かにシラフで会うのは大事そう。お酒が入っていなかったら寡黙なフィンランド人、って多そうだし。

それでお互い気に入ったら次は映画とかライトなデート。正直最近の若者は映画館なんて行かないと思うけど、私も夫も現役を退いて久しいのでその辺はどうするのかわからない。まさかいきなりネトフリってわけにいかないだろうし。

念の為、20代の若者の意見も聞いてみた。すると彼の場合、初回もしくは2度目のデートも飲みに行くのだそうだ。理由は「お酒がないと話せないから」。どこまでシャイなんだ。

ちなみに2人きりで会って1度目で気に入らなかったらどうするの？　と話を聞きながら私は心配になってしまう。

そしたら「じゃ、また」と言って別れて、またの機会は来ないでおしまい。お茶かランチ、もしくは軽く飲んだだけなので小一時間消費しただけで済む、のだそうだ。そして相手が遠方から来たとか、苦学生とか、よっぽどの理由がない限りは割り勘、貸し借りなし、撤収。そこは簡単でいい。

ライトなデートの後はディナーデート。フィンランドに限らず多くの欧州諸国ではそうやってデートを重ねて、自然と彼氏彼女のステータスになっていく。付き合ってください、なんて言わない。何回かデートしたら彼氏彼女、という人もいれば、親しい友達や家族に紹介されたら公式に、という人もいる。これも人それぞれ。

気になるバツイチの婚活の難しさは、というと、離婚自体は珍しくもないから理由がその人の落ち度でない限り気にならない、と言う人が私の周りでは多数だった。

ただし子持ちとなると、離婚しても共同親権で子供が両親の家を週替わりで移動するという家族が多いので、新しい恋人も子持ちだったりして子供を預かるシフトのやりくりが複雑になったりし、付き合ってもなかなか再婚に踏み切らないカップルも多い。

片方が独身で、片方がバツイチ子持ち、というカップルも今まで周りで数多く誕生してきたけれど、いつの間にか消滅しているパターンが多かった。経験者曰く、子供に割く時間とパートナーに割く時間のバランスの取り方が難しいらしい。

またフィンランドでは片親が新しいパートナーと同棲、結婚したとしても、その人を（義理の）お母さん、お父さん、と呼ぶ必要はまったくない。他人は他人、あっさりしたものである。

共同親権であるので子供のお誕生日会や習い事の試合なんかに、離婚済みの両親とそれぞれパートナーが揃って参加することもある。なんだか変というか、違和感や居心地の悪さがないのかと当事者たちに聞いてみると、そこはやっぱりあるらしい。でもやる。ちょっとした忍耐力が必要そうだ。

その複雑さもあり離婚歴のある人の間ではさらに事実婚が増えて、一生彼氏彼女のまま添い遂げるカップルも多くいる。おじいちゃんおばあちゃんになっても相手を「ガールフレンド、ボーイフレンド」と呼んでいるのは微笑ましい気もするけれど、その背景が複雑な離婚、家の権利関係などがあるとしたら、やっぱりめんどうくさく

て仕方ないので、私はなるべく今の幸せな結婚生活を維持すべく頑張ろうと思う。お
しまい。

たまには美しいフィンランド

白夜の季節だ。ただ日が沈むのが遅いというのではない。日没後もほんのり明るく透き通った空気が続き、夜中の2時、3時でも鳥たちが鳴き続け、そうこうしているうちにまた日が昇ってくるのがヘルシンキの白夜だ。

遮光カーテンとブラインドを閉めてもなお隙間から青白い光が漏れてきて、ふと夜に目が覚めたときにも外の世界が明るいのがわかり、好きな人から不意打ちで連絡が来たみたいに妙にどきどきする。動物たちはやけに活発に、そして積極的になり、うちの裏庭に毎晩リスがやってきてはさくらんぼを盗んで、怪盗が手紙を残すがごとくわざわざ窓をノックしていくのもこの季節だ。

こうなるともう夜の定義が曖昧で、日本で当然のように教えられている「暗くなる前に家に帰りましょう」だとかは通用しなくなる。フィンランドの子供たちは明るいうちに寝なければいけないし、冬は暗いうちから学校に行かなければいけない。

夜とはなんだったっけ。どうやら必ずしも暗いものでも静かなものでもないようだ。と長々と書いているのは、この季節の特別な高揚をお伝えしたかったのもあるけれど、その上で紹介したい音楽があるからだ。

ティモ・ラッシー。フィンランドを代表するサクソフォニストだ。

私に彼の音楽を紹介してくれたのは義父だった。

きちんと揃えた口ひげをたくわえ、長身と貫禄ある体型を持ち合わせたザ・文化人といった風貌の義父はとっても多趣味で、映画も本もゲームも愛し（彼のゲーム愛については『ほんとはかわいくないフィンランド』参照）、音楽もジャズ、クラシック、フュージョンなど幅広く聴いている。好きなアーティストのコンサートのためならばエストニアのタリンやスウェーデンのストックホルムまで遠征するほどだ。

義父とは映画やゲームの趣味が結構合う。そこで音楽も、と彼が思ったのか移住して間もない頃にフィンランドジャズの動画をYouTubeでいくつか見せてくれ、その中にティモ・ラッシーがいた。

私は音楽ライターではないし音楽に造詣が深いというわけでもなく、たしなんだ音楽といえばピアノのお稽古のみ。披露するほどの知識もうんちくもない。

だからなんとか派がうんぬんとか歴史的背景がどうとかそういうのは専門家にお任せするとして、単刀直入に行こう。私は彼の音楽が好きだ。

ティモ・ラッシーの、それから彼の有するバンドの音楽を聴くと、フィンランドの夏の、暗くならない夜が頭に浮かぶ。どこまでも歩いて行けそうな夜。明るいのに上着はいる、心地よい肌寒さ。

なんでだろう。彼のサックスの音はもちろん、雪が世界を支配してしまったみたいな冬にだって映える。

でもどういう縁だかわからないけれど、私はティモ・ラッシーのコンサートを、明るいうちに聴きに行った記憶の方が強い。

青い舞台照明と外界を走るトラムが見えるのが印象的な、一面大きな窓を持ったライブハウス。

ジャズコンサートには珍しい商業施設の中の文化ホール。

世界各国のおいしい食べ物の屋台が並ぶワールドヴィレッジフェスティバルの特設ステージ。

窓の外の海が反射する光を浴びながら聴いた大型客船内のステージ。

日本で観劇していた頃は昼間の公演はなるたけ避けていた。暗い中家路につく方が余韻に浸りやすいからだ。

それがフィンランドでの公演となると難しい。この「冬は一日中暗い」で知られる国には、一般的なコンサートが終わる夜9時でもうっすら明るい、もしくは日没前という期間が夏至を挟んで計4ヶ月もあるのだ。

とてもスタンダードなジャズをいい意味で「装った」ティモ・ラッシーの音楽は、そんな季節に妙にリンクする。ジャズ初心者にでもとてもやさしい王道中の王道に見せかけた聴き心地のよさを提供しておきながら、ああそんな面白いことをするのか！と観客の目を覚まさせるトリック。昔からよく見知っているはずの人の意外な一面を見つけたような嬉しい発見は、何年いてもこの季節の透明度に感心するのによく似ている。

合わせてサービス精神のよさ。コンサートの合間の一言に何を話すかはそんなに重要でないとする人も多いようだけれど、この世界的ミュージシャンは（彼は来日公演も過去にして日本でもＣＤを出している）、とてもフィンランド人らしいジョークをたびたび挟む。

「もう一曲なんかやる？　それとも今日サウナ当番の日だったっけ」

「もっと演奏したいけど、今日はサウナ当番だから帰ります」

そう言っておきながら、ライブ後には出口付近に立ち最後の客まで見送るのを私は何度も目にした。サインにも気さくに応じている。

今、フィンランドに来たくても来られない人はとても多いと思う。

美しい動画や映画など旅行に行きたい気持ちを満たす方法はありがたいことにたくさんあるけれど、そのひとつとして私はこのフィンランドジャズをおすすめしたい。

フィンランドの音楽というとシベリウスかヘヴィメタルかイスケルマかエアギター、そのステレオタイプのイメージを覆してさらに人の気持ちをフィンランドにぐっと引き寄せるだけの魅力が、ティモ・ラッシーにはある。

呪いの家

目下引っ越しを検討中なので住宅情報サイトを頻繁に見ているのだけれど、よさそうな物件でも注意が必要なのは日本もフィンランドも同じである。やけにお値打ちだと思ったらこの値段から始めるオークション形式での販売になります、だとか、修繕を控えていて別途修繕費がかかります、だとかは日常茶飯事である。月々払う光熱費などの固定費がやけに高い家もある。よってつい慎重になりすぎてしまう。売出し広告の写真、説明文、小さい文字で書かれた条件だけでなくその裏まで読んで、いや、邪推してしまうのが癖になってきた。

例えば我が家が探しているのはこの先リタイア頃まで、つまり子供が独立するまで住める家なのだけれど、当然部屋数はこれまでより多めになる。1LDKだとか2LDKでは足りない。

寝室が3部屋以上ある家が理想で、そういう家を売る家庭といえばだいたい3パターンに分かれる。

まずは、子供が独立してもう大きな家はいらないよ、というパターン。

間取り的にはまったく問題ないのがこれで、トイレもたいてい2つはあるし、サウナもあるし、大きすぎない子供部屋もあるしで、入居してすぐに使えそうな物件が多い。働き盛りの世帯主が住んでいたので程よくリフォームなど手入れもされている。

次に、子供が独立してからも住み続けていたけど持ち主が亡くなった、もしくは老人ホーム入りするというパターン。

日本だったら一歩間違えると事故物件になってしまいそうだけれど、実はこれもおいしい。

ご老人が住んでいると床や壁、バスルームなどは古いままになっていてリフォームが必要な家も多いのだけれど、その分、遠慮なく自分好みに変えられるという利点がある。また早く売りたがっている売主が多く、値段も手頃に設定されている。

最後に、これが一番警戒してしまうのだけれど、離婚してもう大きな家はいらなくなってしまった、というパターン。

これまでも知人が何組か離婚、もしくは同棲解消して家を売ってきたので、このパターンの見分けもつきやすくなってきた。

やけに綺麗な家を購入後数年で売りに出していたら要注意。内覧に行くと売主がまだ住んでいるはずなのにクローゼットの半分が空になっていたり、最近まで家具があった跡が壁に残され変な空間ができていたりする。そこは名探偵ばりの洞察力を働かせて別れの匂いを嗅ぎ分ける。

なんせフィンランドの離婚率はやたら高いので珍しいことではないし離婚自体悪いことではないけれど、前の持ち主が引っ越してきて数年で別れに至った、となると居心地はよいものではない。間取り的に家族に亀裂を入れるようなものなのかしら、などと深読みしてしまう。

またそうやって別れたカップルは早く売りたがっているものの、これから物入りなので売値も決してやさしいものではない。別れたあと片方がもう片方に権利を売り付け、倍になったローンとともに取り残された方はお金に困って売値をふっかける、というケースも目にしたことがある。

もちろん別れが原因ではなく、いい家を買ってみたもののご近所トラブルで、という売り方もあるだろう。

それを見分けるのは少々難しく、フィンランドの住宅の壁は厚く窓も二重、三重となっているので一度きりの内覧ではご近所の様子がわかりにくい。わかるのはせいぜい庭先に灰皿がないかどうか、庭が荒れていないか、ぐらいだ。

あとは不動産会社の担当者に直接、お隣ってどんな方ですかと聞くのも手だ。今までの経験だと割と正直に教えてくれる人が多いし、何か隠していそうな人からは仲介者であっても買いたくないのでそこはさよならする。

救いなのは終《つい》の住処ではないので最悪の場合また引っ越せばいいか、という思い切りで買ってしまうのもときには大事だ。そこは結婚と同じ。

というわけでそんな風に思い切れる物件が現れるのを待っている最中である。

庭付きサウナ付き物件あります

現在、次に住む家を探している。

家とは言ったけれど一軒家である必要はない。というか一軒家は、高いくせに全部自分で管理しなければいけないから正直なところめんどうくさい。できれば管理会社の入っている物件がいい。

と希望を書き連ねる前に、今の家の話から始めようと思う。

今私が住んでいるのは日本ではテラスハウスと呼ばれるアパートの類だ。

そもそもフィンランドでの物件の種類というのはざっくり分けて、

1、一軒家

2、一軒家だけど管理会社の入っているもの（コピーしたような同じ建物が何軒か並んでいるものが多い）

3、1建物に2戸だけのペアハウス（中の間取りは鏡写しになっているものが多い）
4、庭付きアパートのテラスハウス（平屋か2階建てが主）
5、高層スタイルのアパート、マンション（2階建て以上が主）
　の5種類がある。


　今住んでいる場所をテラスハウスと呼ぶとなんだか若者が住んでいそうな匂いがするので、私は庭付き平屋アパートと説明することが多いのだけれど、アパートという と今度は「あ、じゃあ賃貸なんですね」と8割がた返ってくる。

　ここがちょっとわかりにくいところで、同じアパートの中でも我が家は持ち家。隣人は賃貸。ということがフィンランドではしょっちゅうある。

　前に住んでいた家も、右記の5にあたる高層マンションではあったけど賃貸ではなく分譲だった。ただしその持ち家を、夫が人に半年間貸し出していたこともあるので賃貸扱いの時期もあった。そんな感じ。

　その前の家については、文庫『ほんとはかわいくないフィンランド』にも書き下ろした隣人とのトラブルなんかがあり、売却した。

そうして買い替えた現在の家も、もうかなり手狭になってきたので引っ越そうと次を探しているのである。

じゃあ狭いってどのぐらいなの、と次に聞かれそうだけれど、約60平米ある。加えて屋外の倉庫と小さな前庭、テラス・裏庭付き。

首都で60平米、4人家族となれば日本なら2DKとかで普通にやっていけそうなものだけれど、フィンランドの間取りは違う。リビングが無駄に広いのでそれだけで家のほとんどの面積を持っていかれるのだ。

風呂、トイレ、サウナ、玄関を除けば生活スペースは、15畳ほどのリビング、8畳程度の寝室、キッチン兼ダイニング。以上。

最初にこの物件を見に来たときは、第一子が生後2ヶ月だった。

環境が気に入ったのが購入の決め手だったけれど、夕陽を受け青々と輝く裏庭の芝生を見て「この子が来年歩き始める頃には芝生で遊ばせられるかも」だとか「子供が小さいうちは勉強部屋もいらないから数年間はこのぐらいの大きさでちょうどいいかも」だとか夢見ていた。

実際は子供が歩き始めたのは予想していた夏ではなく秋、しかも旅行真っ只中のポンペイでその頃フィンランドでは芝生どころか雪がちらついていたし、そもそも小さな子供は勉強せずともレゴだのプラレールだのミニキッチンだのお人形の家だのにスペースを必要とする。かなりの計算違いである。

それを証明するかのように、同じ間取りの我が家の隣人はひとり暮らしのご老人、もう1軒隣はやはりひとり暮らしの40代女性。

ただ向かいにもまったく同じ建物が建っており、そこには強者の5人家族が住んでいる。その隣はおばあちゃんと孫と大型犬の3人暮らし、その隣は老人夫婦と、バリエーションが豊かだ。間取りを見るとせいぜい1人か2人暮らし用ではあるけれど、狭さのわりにはサウナが付いているというレア物件なので家族需要もあるようだ。工夫すれば暮らせないこともない。

そうこうしているうちに購入後2年以上が経ち、第二子も生まれ、数年だけ住む予定だったこの家を出てこの先何十年も住める家を探しているのが現状だ。

ちなみに同じ敷地内に平屋ではなく2階建てのテラスハウスも何軒か建っており、そちらは圧倒的にファミリーが多い。うちの子たちと同じ頃の乳児幼児を抱えた家庭がたくさんおり、住民用の遊び場でしょっちゅう顔を合わせる。次点で多いのが老夫婦。子供は独立して夫婦だけで住んでいますという人も多く、昼間から誰かしら畑仕事庭仕事に精を出しているので、常に誰かの目があるという安心感がある。

日本みたいに世話焼き爺さん婆さんもいる。

自治体の長を務める2人の男性はリタイア済みの元気なおじいさんたちだけれど、どの家の誰が今留守にしているとか家を売りに出しているとかなんの仕事をしているとかしっかり把握している。おそるべし情報網である。

そういえば家の明け渡しの際に前の住人が「近所にお節介な人もいて見張られているような気持ちになるかも」と言っていたが、その通り。

また別の、うちの斜め前に住む80歳過ぎのアクティブなおばあさんははっきりと「窓からご近所の様子をよく見てるのよ」と言って快活に笑っていた。

ただしそれも使いよう。旅行で長期留守にしがちな我が家は、フィンランド版セコムと監視カメラを入れ、冬なら知人に雪かきも頼んで厳重に空き巣への警戒をしているけれど、それでもご近所の目はありがたい。例の自治体の長たちに「この日から留守にします」とさりげなく頼りにしてます感を出して伝えておけば自然にご近所に広まり、一度、車にかけたカバーが風で飛ばされてご近所さんが直してくれたこともあった。

年に数回この辺一帯をみんなで掃除しましょう、その後コーヒーと軽食を、なんてイベントもあり、そうじゃなくても普段から共有のコミュニティハウスや子供の遊び場で顔を合わせるので、ご近所の連携は取れている。

ああ、書いているうちに引っ越したくなくなってきた。正直に言うと、私は今の家が大好きなのだ。駅近の割に背の高い白樺に囲まれた静けさ、子供のたてる騒音を気にしない隣人、森へのアクセスのよさ、どれを取っても簡単に見つかるものではない。

同じように大切に思える家がまた見つかるといいのだけれど。

次回はフィンランドでの家の見つけ方について触れようと思う。

ある女の予言で家を買う

話は少し遡って、今住んでいるテラスハウスを買ったときのこと。

引っ越したい、引っ越そうと夫婦で話しながらも半年ぐらいはいろんな物件を見て回っていた。

いろんな地域、いろんなタイプの物件。今思い返すと節操なしというか、もっと狭くターゲットを絞ってもよかったような気もするけれど、自分たちの本当の希望がなんなのかを見出すにはいい作業だった。

物件の探し方は日本と同じくネットがメインだ。

不動産検索サイトで条件を入れ、検索して、写真や説明を読む。少し日本と違うのは多くの物件のページに「この日のこの時間から内覧やってます」というお知らせが併記されている点だ。

つまりネットで気になったら不動産屋にではなく、その家の内覧会に直行できるのだ。もちろん内覧日を設けていない物件や、指定の日時に行けない場合もあるので、そういうときには担当者に電話をかけて「この家興味あるんですけど」と内覧日を設定してもらうこともできる。

また、個人で家を売りに、または貸しに出している人もたまにいる。自分でそれなりに素敵に見える写真を撮って詳細を記し内覧に立ち会い買い手と直接値段交渉をする、というのは骨が折れそうではあるけれど、仲介手数料がかからないというメリットはある。

私たちが当時探していた条件は50平米以上、できればマンションではなく上下階のない平屋アパート、もしくは一戸建て。駅近。テラスかガラス張りのバルコニー付き。子育てをするのに平和なエリア。

私は特に気にしていなかったけれどもちろんフィンランドなので、サウナ付き、という条件もある。一戸建てならたいてい付いているものだけど、マンションやアパートに付いていると日本で言う浴室乾燥機付き、とか追い焚き機能付きと同じぐらいのステータスがある。

めぼしい物件を見つけたら内覧会に行く。

まだ人が住んでいるうちに内覧となるケースが多いため家財道具がある状態で中が見られるのは、内覧会のいいところだと思う。写真では広めに見えたダイニングスペースに実際は4人用のテーブルしか収まらなかったり、玄関を入って変な所に靴が置いてあって、ああ靴を置く充分なスペースがないのね、と気付かされたり。

内覧会はそうやって、肩透かしにあうことの方が圧倒的に多い。

サイトで見てよさそう、実際に見てよかったらもう買っちゃおうと話していても、絶対に何かあらが見つかる。

例えば駅近の広いアパートは、バルコニーから見える景色がパブだったり。

郊外の大きめの家は暖炉もあって素敵な内装だけれど、壁紙が圧倒的にタバコ臭かったり。

気に入ったから買いますと言ったら、突然売り手が「やっぱり誰にも売らない」と言い出したり。

そういうことを繰り返しているうちに、だんだん内覧会へと出かけるハードルが低くなる。少しでも気になったら見せてもらう、住む可能性をシミュレーションしてみる、それでダメだったらダメ。また次のを探せばいい。

そんなことを何回か経て自分たちの希望もはっきりとしてきた頃、住んでいるマンションが売れてしまった。

私たちは本気で引っ越そうと思っていたので、次の場所を探すと同時に、住まいを売りに出していたのだ。

そして買い手は次の月の末には入居したいとのことなので、承諾した。

つまりそのときまでに新しい家が見つからなければ、ビバ・ホームレス！

というのは大げさだけれど、どうにか短期で貸してくれる賃貸を見つけて移って、狭くなるだろうから家具をレンタル倉庫に入れて、併行して買う家も探して、と手間が何重にもかかることこの上ない。

いよいよ本腰を入れて新居を見つけなければ、と焦りそうになったところに一軒、新しく売りに出されているテラスハウスの情報が入ってきた。

そこは、今まで候補に入れていなかったエリアである。

なんでかといえば評判のよくないエリアに隣り合わせているからだ。

しかし少し南に行けば一軒家が立ち並ぶ極めて平和で静かなエリアでもある。じゃあ肝心のそのテラスハウスはどうなのか。内覧に行くことにした。

最寄駅から10分、平坦で静かな住宅街を抜けていく。そのほとんどの家は一軒家で広い庭、ゆったりとした敷地を持った古い家か、新しく建て直された家のどちらかだった。テラスハウスへと続く道を曲がると、背の高い白樺並木が続いていた。季節は9月の終わり頃、黄色く染まった葉っぱがはらりと落ち始めており、その上を歩くとかさかさ、と乾いた音が耳をくすぐった。そのぐらい静かだった。

結論から言えば私たちは内覧でその家を気に入ってしまった。10組ほどの見学者がいて、ほとんどは思っていたより狭いとかで出て行き、私たち夫婦と、もうひと組の夫婦が買いたいと申し出た。

ここからがオークションのようで面白いのだけれど、その場でひと組ずつ順番に担当者と話をして「いくらで買います」と宣言をする。

もちろん売り手のいくらで売ります、という金額は広告に出ているのだけれど、それよりちょっと値切るのが一般的なようだ。

私たちは庭に出て、その競合夫婦が先に「入札」するのを待っていた。庭の塀の蔦が赤く色付いていて、それでも芝生はまだ青く、空気は冷たく澄んでいた。テラスにはベンチ型のブランコがあり、そこに腰掛けてどうあってもしっくりくるこの家がいいなぁと夫婦で話した。

私たちの「入札」の番になったとき金額と入居希望日を伝えた。他にもどうやって払うか、現在は持ち家か、など経済状況の確認ももちろんされる。うちの場合はすでに持ち家が売れているので経済的に心配することはなかった。

担当の不動産会社の女性は、通常ならその2組からの入札額を持ち帰って売り手に報告し、最終的に誰に売るかを売り手が決めるところなのに、「私にはその子がこの家を歩き回っているのが見えるわ」とまだ生後数ヶ月足らずで私の腕に抱かれている第一子を指し、微笑んだ。

つまり私たちの入札額の方がよかったのだ。

帰り道、まだ家にも到着しないうちにまたその担当者から電話がかかってきて、私たちがその家を買えることになった、と報告された。

その夜はお気に入りのイタリアンレストランでピザをテイクアウトし、夫の好きなワインを開けてお祝いした。

どうせならいい人に売りたい

フィンランドで家を売るのは、思っていたよりもずっと簡単だった。不動産会社を何社か家に呼び、それぞれの仲介手数料を含めた見積を出してもらう。一番いい条件を出してくれた会社にお任せし、あとは大掃除し、内覧会の日を設定するだけ。

私が驚いたのは、築40年超え、エレベーターも小さくそのドアも自動ではないという古いマンションの価値が、購入時の4年前よりも下がらなかったことだ。

これがヘルシンキの気に入っているところで、首都圏では不動産の価値が大幅に落ちない。特にここ数年は都市部の人口増加により住宅が足りておらず、のんびりした街に似合わない高層マンションを建てたり今まで評判の悪かったエリアを再開発したりと国を挙げて頑張っているところである。

それに加えて分譲でもある程度は好きなようにリフォームしていいため、みんな壁を塗ったり壁紙を張ったり、タイルや床材を張り替えたり壁を壊したりと自由に手を加えている。

つまり外装が古くても中は新築のような見栄えのよさ、ということもある。

もちろん湿気が少なく地震もなく、建物自体が頑丈な造りなので傷みにくいというのにも助けられている。

手入れをきちんと行えばヘルシンキでは不動産はいい投資になるのだ。

そんな背景もあり、フィンランドでは若い人でも日本より軽いフットワークで家を買う。

仕事が安定したら家を持つ人も多く、親がそれを見据えて子供の頃からの児童手当を将来のローンの頭金用に貯金しているという家庭も少なくない。

終の住処、という考え方はあまりなく、ライフスタイルに合わせて気軽に買い替える。ワンルームから同棲用へ。子供ができたら大きな家へ。離婚してまた小さい家へ、もしくは子供が独立して段差の少ない家へ。

うちの夫も、ごくごく普通のサラリーマンであるけれど、今の家が持ち家3軒目、最初にマンションを購入したときは20代後半で、その後10年の間に2回住み替えている。古い家を買って、住みながらリフォームして、購入時より少し高く売って買い替える、ということをしていると、手間やリフォーム費用はかかるけれど、資産が減ることはない。合理的な仕組みだ。

ただし人口流出の多い田舎では不動産は投資にならないようで、フィンランドの地域格差に拍車をかけている。

また、築100年ものの古い建物でもこの国には立派に残ってはいるけれど、古すぎると「パイプレノベーション」という罠がある。配管を約50年に一度新しくする必要があり、その工事の間住民はよそで賃貸なり住まいを見つける必要がある。また工事費は住民負担なので、まずは築40年ほど経ったあたりで配管の傷み具合をチェックし、住民による自治グループで工事計画や費用を承認し、全員一時退去して改装となる。費用は物件にもよるけれどマンションの場合、500〜1000ユーロ／平米と言われている。例えば住んでいる部屋が50平米の場合、最低でも2万5000ユーロ、約300万円となかなか高額で、それを理由に住み替える人ももちろん一定数いる。

実は私たちもその口で、住民トラブルもあるし数年後に改装になりそうだからその見積額が出る前に、と売りに出したのである。

内覧は平日の夕方、休日の午後など計3度ほど行っただろうか。人気の居住エリアだけあって、毎回数組は人が来たようだ。私たちはその間、近所に散歩に出たり鍵を担当者に預けて旅行したりしていたけれど、毎回終わるたびに担当者から細かくどういう人たちが見に来て、どんなところに興味を持ってもらったか、という報告を受けた。

入札もいくつかあった。ただし値切るのが普通なようで、例えば売値が4000万円だったとしたら「3800万円で買います」だとか、いやいや日常生活で2000万円は普通ドブに捨てないでしょ、とこっちが呆気にとられるような値切り交渉もちらほら。それでも購入時よりは下がっていないので、リノベーション費は住んでいた間の家賃だと思って別にいいんじゃない、売っちゃえば、と賃貸制度に慣れきった私は思ったけれど、夫は「このエリアだから絶対ちゃんとした値で売れる」と諦めなかった。

そして実際夫の言う通りになった。売りに出してひと月も経たないうちだった。買ってくれたのは20代の若いカップルで、お値段的には若者向けではないものの、カップルの男性の方にはパパというスポンサーがついていた。フィンランドでは親が独立した子供にあれこれサポートをするのは珍しいけれど、外国籍を持つパパはどうやらお金持ちのようで、いい物件を見つけたと嬉しそうにしていたあたりきっと投資も兼ねているのだろう。

最後に家の明け渡しのとき、そのカップルではなくパパが来て中を点検してくれたのだけれど、彼の息子がここを買った理由を教えてくれた。

「このバルコニーからあの教会が見えてね。あの子の母親はあの教会のある島で生まれたんだ。それが気に入ったらしい」

そのママは今はもうフィンランドには住んでおらず、つまりパパともとっくに離婚しているのだけれど、ここに住むことになる息子はあの教会の尖塔を遠くに見つけてママのことを思い出すんだろうなぁ、と思うとなんだかホロリとしてきた。

親しんだ住処を渡すのは、どんなにいい値段がついていようと大事にしてくれそうな人を選びたい。今回は選ぶ余裕もなかったけれど、偶然にもいい人が買ってくれてよかったなぁ、売るのも買うぐらい大事だなぁと思わされた一件だった。

ぬるいコーラと引っ越しピザ

新しい家が決まった。今の家も売れた。となると引っ越しである。

フィンランドの家は、家具付きで貸しに出すことはあっても売りに出すことは稀であるので、買い替えの際はだいたい全部持っていく。もちろん中には、新しい家には合わないから全部置いていくわ、なんていう人もいるかもしれないけど、うちはお金持ちではない。

ただし冷蔵庫や食洗機は例外である。食洗機は備え付け。冷蔵庫もフィンランドでは収まる場所が棚で囲まれていることが多いので、特定のサイズのものしか入らない。第一運ぶのも大変だ。

我が家もそれらの古いのは置いていき、新居の前住人も置いていってくれることになった。これらは家を売るとき買うときの条件に含まれている。

その他にも、この棚は壁に備え付けだから置いていきます、だとか家を売るときの条件に含めることもできるし、あとは売り手と買い手の個人のやり取りで「あの家具置いていっていい？」などと割とカジュアルに交渉もできる。

さて、運ぶのが大変、と書いたが、お察しの通り自分たちで運ぶのである。引っ越し業者に頼むと高いので、自分たちでバンを借りて友人や家族に手伝ってもらい引っ越すのが一般的だ。と、夫からは聞いて、その通りにした。

しかしその後友人の引っ越し事情を聞くと必ずしもそうでもないようで、業者を使っている人ももちろん一定数いるのだから、うちの夫がケチなだけなのかもしれない疑惑が最近浮上している。

まあかくいう私も親が転勤族で、自身がひとり暮らしになってからも数回引っ越ししているので荷造りは手慣れたもの。人様の手を煩わせることなくせっせと箱詰めをしていった。

ちなみに日本にある「らくらくパック」などのなんでもやってくれる引っ越し業者のビデオを夫に見せると、その手際のよさや梱包の緻密さにたいそう感動し、友人各位にも見せまくっていた。そのぐらい、こちらでは見られないサービスなのである。

対して私たちは、物知りな友人のアドバイスにより段ボール箱ではなくレンタルのプラスチック箱に荷物を詰め、大きなベッドはバラし、家具の養生もホームセンターで買ってきた梱包材でした。箱をわざわざレンタルにしたのは段ボールよりも丈夫でサイズも揃っているため積み重ねやすいという利点からだ。

それからたいした家具はないものの小さいバンで何往復かするより大きなトラックを、と、大型車の免許を持った友人が運転を買って出てくれ、大きめのバンがやってくるのかなぁと待ち受けていたらかなり本格的な運送トラックがやってきて、助っ人として集まったみんなで引っ越しドーナツ片手に盛り上がった。学生時代のお祭り前夜みたいなテンション。こういうめんどうなことを頼める、気の置けない友人たちが集まっているからこそ、ホームメイド引っ越しはなんだか楽しかった。

ちなみに搬出前の腹ごしらえにドーナツを用意しただけで、別にこれが定番食というわけではない。

ここからが搬出作業である。一番大きな家具であるベッドはバラしてしまったので、ネックになるのは3人がけのソファだ。3人がけ、といってもどっしりとしたフィンランドメーカーのもので幅2・5mほど。異様に重たく、買った際には大人4人で運び入れたという代物だ。

なぜなら我が家はマンションの7階。1970年代築の建物にありがちな構造なのだけれど、エレベーターは大人3、4人で狭苦しくなる小ささ。大型家具は到底入らず、搬出には螺旋階段を使うことになる。

夫の他に友人をかき集めて成人男性が4人揃っていたので、ソファもみんなで頑張って運んでもらうかぁと構えていたら、すっと前に出た強者たちがいた。

カメラマンの義弟と、同じくカメラマンの友人である。

フィンランドでは誰もが知る番組を撮っている彼らは、仕事で重い機材を担ぐだけでは飽き足らずジムなどでも体を鍛えまくっている変態たちである。その変態2人が、ソファの端と端をひょいと持ち上げ階段を降り始めた。あがる歓声。

その頃私は、というと、赤子を抱えて邪魔になるだけなので、一足先に新居に行って掃除などをしていた。

と言っても前の住民がかなり綺麗にしていってくれていたので、窓を拭いて床を磨けばもうすることなし。空っぽの家でぼうっと過ごし、トラックが着いて搬入が始まってからは隅っこの方によけていた。

あと一番大事な仕事といえば、ポストに入っていたピザのチラシを熟読してどれを注文するか決めることぐらいだった。

家が買える！　と決まった日に夫とお祝いに食べたのは、ちゃんとしたイタリアンのピザ。でもチラシが勝手にポストに入るような、宅配もやってくれるところはたいていケバブ店も兼ねている、中東系の人がやっているピザ屋さんである。

こういうピザ屋はどの町にもたいていあり、味もピンキリだ。値段は日本よりもずっと安く、1枚1000円前後から。

引っ越し蕎麦が手軽さから重宝されるように、フィンランドの引っ越しではピザが重宝される。

残念ながらこの日はすべての搬入が終わり、トラックを返却したのがもう夜だったので、トラックの運転手を務めてくれた友人1名とのみピザを囲んで、その他の助っ人たちとは後日ホームパーティーをすることにした。

我が家のデザインだけはいいけれど取り付け方が複雑な照明は暗がりで設置できず、間接照明のみで荷物に囲まれて、新しい近所のおいしいかおいしくないかわからないピザを、家族と友人のみでほおばるのは親密な感じがした。

私が頼んだのは辛いやつ。ハラペーニョとかチョリソーがたっぷりのっているやつだ。夫が頼んだのはうろ覚えだけど、きっといつものごとくパイナップルとかブルーチーズがのったやつだろう。1人1枚のピザを、膝に抱えたピザの箱から直接食べ、ぬるいコーラで流し込む。「新居」という優雅な響きとは対極の、雑然とした初日だった。

ママチャリトレーラーあらわる

夏が終わって、「今年はもう遠出もしないし要らないよね」と車を手放した。たくさん走ったのでガタが出始めていた車だ。

旅行好きの我が家の「遠出」というのは、当然2、3時間離れたところにある義実家へのドライブなどではなく、車で国境越え、を指す。

南はフェリーでエストニアに渡り、バルト三国を抜けてヨーロッパ、とか。北は北極圏を渡り歩くようにノルウェー、もしくはスウェーデン、デンマーク経由でドイツ入りとか。日本での感覚からすると国境越えは飛行機がメインだけど、フィンランドからはそんな愛車での海外旅行もお手の物である。

しかし今年は国境が封鎖されたり渡航制限がかかったりと、そんな旅もできそうにない。高い税金と保険料を車に払い続けるぐらいならまだ売れるうちに売ってしまおう、とあっさり手放した。

代わりに我が家にやってきたのは、自転車に繋げて子供を乗せられるトレーラーである。

ヘルシンキでは通勤に自転車を使う人の割合が高い、らしい。国土が平坦で街全体がコンパクト、さらにメトロ、電車への自転車持ち込みもできるとあっては使わない手はないだろう。自転車レーンも整備されているので安心して乗れる。

よって子供の保育園のお迎えなどにこのトレーラーを使う親も多い。統計は見つからなかったけれど、周りを見渡す限りではいわゆるママチャリの荷台に子供用座席をつけている人よりも、このトレーラー利用者の方が多い印象だ。

トレーラーのいいところは簡単に取り外しができるところだ。保育園の多くでは子供を預けている日中、送り迎えに使うベビーカーを置いていける場所があるのだけれど、スペースが許せばこのトレーラーも切り離して置いていき自転車のみで出勤、またお迎えのときに繋げて子供を連れて帰る、というのも可能である。また、ほとんどの自転車にワンタッチで接続可能とあって、行き帰りで別々の自転車を使うこともできる。

我が家がトレーラーを選んだのは夫婦ともに自転車の自由度が好きで、さらに子供2人を乗せられるからだった。週末に家族で出かけるときも、今まで車だったところをこのトレーラーに替えて街中へ、郊外へと行き放題。

第一子の妊娠以来、赤子連れゆえ自転車に乗ることを数年諦めていた私は、久しぶりに自転車に乗ってその爽快感に再び病みつきになった。

公共交通機関も便利ではあるものの、やはり場所によっては自転車の方が早いこともある。

それに今回気付いたのだけれど、ヘルシンキには、というかフィンランドには車の通れない遊歩道が多い。先日市内を約13㎞、40分ほどかけて家族で行楽に出かけて行った際、車道の横の自転車専用レーンを走ったのは数分だけ、あとは車をまったく見ることなく、森と森を縫うようにして目的地までたどり着けてしまった。

自転車でも森林浴はできる、というのは大きな発見だった。

森の中のサイクリングはあまりにもすがすがしく、ちょうど紅葉のシーズンと重なり落ち葉もどんぐりもあり、ちょっとした小川に鴨も泳いでいるし、もうこの辺で止まってピクニックシート広げちゃおうよと言いかけたことも数回。

しかし道中トレーラーの揺れが心地よいのか子供たちがうたた寝してしまい、仕方なく目的地まで旅を続けたといった具合だ。

またトレーラーの中には自転車から取り外してそのままベビーカー代わりに使えるモデルもある。

我が家のものもまさにそれで、自転車に繋ぐ代わりに前輪を取り付ければ目的地では子供を移動させることなく観光、買い物に移れる。

そんな風にあまりにも便利なので重宝しているのだけれど、間も無く冬がやってくる。

つまり、だいたい雪が降る。暖冬で積もらなかった年もあるけれど、まあ間違いなく降る。

自転車はスパイクタイヤに替えれば雪道でも余裕で走れるが、このトレーラーだけはそうもいかない。11月にもなるとそろそろトレーラーも終わりだなぁとさみしくなりかけたところへ、朗報だかなんだかわからない情報が入ってきた。

このトレーラー、スキーモデルもあるらしい。

要は車輪代わりにスキー板をつけて、大人がクロスカントリースキーをする際に腰にくくりつけて子供を乗せたトレーラーを引っ張ることができる、とのこと。

知ったときは、まあなんて便利な！　というよりも、ようやるなぁ……という開発者の探究心への呆れと、なんだかこれ見たことあるぞ感が浮かんだ。あれだ、昭和名物野球部のタイヤ引きだ。

このトレーラーを作っているスウェーデンメーカーは他にもジョギングのときに押して走ることができるモデルなんかも開発しているので、子育てをスポーツ化しちゃおうぜという考えなのだろう。実際、森の中を歩いているとトレーラーやスポーツタイプのベビーカーを押して走っている人を見かけるし珍しくもない。

ただ私自身がそこまでして運動したいかどうか、と聞かれたら、まあしたくないというか、運動のときぐらい1人になりたいというのが親としての本音である。

「フィンランドじわ」なるもの

皆様は私の顔面になんて興味はおありでないと思うのだけれど、これからフィンランドに旅行される方への警告を含めて書いておきたい。

移住してからというもの、まぶたに小じわが居座っている。

初めてそのしわ、というより地面のひび割れみたいな数々の溝をまぶたの表皮に発見したとき、三十路を軽く越えていたので、ああ歳かぁと素直に受け入れた。お肌の曲がり角ってやついつの間にか曲がっちゃってたかぁ。

でもまあいいや。しわ以外にも肌の瑕疵は枚挙にいとまがない。アイクリームぐらいは気休めに塗っておくけど、歳が理由じゃきっとどうにもならないだろう。

それが、どうにかなったのである。

それはフィンランドブランドのLumene（ルメネ）やFrantsila（フランシラ）のアイクリームがすごい、という話じゃない。むしろこの2つのブランドのアイクリームは試したけれど効かなかった。

一番効いたのは、日本に一時帰国することだ。

日本へ行くと、あっさりとこのしわが消えたのである。以来私は、このまぶたに現れる溝を「フィンランドじわ」と呼ぶことにしている。

原因は言うまでもなく、乾燥した空気だ。

外気が乾燥するだけでなく、一年中暖かく保たれている家の中というのはつまりセントラルヒーターなり暖炉なりで常に温められている状態で、暖房の力によってより乾燥する。

これを書いている11月半ば現在、昼間にふと部屋の中の湿度計を見たら湿度37%、で仰天した。頬のあたりの肌がぴりぴりしてなんだか今日は喉が渇くなぁと見上げると、だいたい40%を下回っているのである。

もちろん加湿器はある。しかしそもそも使っている人が少ないし、日本のものほどバリエーションもなくコンパクトなものはなかなかない。売り場面積も電化製品の陰に隠れてちょこっと程度。

我が家にはパワフルな加湿器が2台ほどあるが、場所を取るし子供が全力で倒しにかかって来るのでなかなか使いづらく夜になってようやく使用できるという有様である。

代わりにと、コットンの布団カバーを2組洗って夜に室内干ししたら、翌朝にはすっかり乾いていた。

そりゃ、小じわもできる。

そういえば昔イギリス南部に滞在していたとき、イギリス人である学校の先生が「アジア人はなぜ老けて見えないのか」という興味深い話題を教室で持ち出した。

この先生は自分で自分をクレイジーと呼ぶほど変わった女性で、私はいまだに大好きでたまに連絡を取っているのだけれど、授業中であるというのに私を含めるアジア人勢の幼さとも取れる若さを羨ましがるようにカッと目を剥いて、

「それはね！　あなたたちの言語は顎の筋肉を使うでしょ、それがきっと若くさせる

のよ！」

と訴えていた。

またクラスメイトのとてもかわいらしい中国人の子は、

「食べ物の硬さもあるんじゃないかなぁ」

なんて意見を述べていた。どちらも顎の筋肉を使えば老けて見えるほうれい線は出にくい、という考えなのだろう。

そのときはそうかなぁなんて内心首を傾げながらも聞いていたけれど、10年以上も経った今ならわかる。

空気がそうさせるのだ。アジアでは湿度による保湿効果。北ヨーロッパでは乾燥による経年劣化。加えてイングランドやドイツ、フランスなどでは水も石灰質で硬水なのでそれも関係しているのかもしれない。

それに比べてフィンランドの水はヘルシンキ周辺で硬度70程度（東京は50～60）と欧州では少数派の軟水だけれど、水の軟らかさだけでは洗濯物が速攻乾くほどの乾燥具合に勝てなかったようだ。

仕方がないのでどうにか子供がいない間を見計らって加湿器を使うか、頻繁にサウナに入って蒸気を浴びるか、定期的に南国へ逃げるようにしている。

ただし周りを見渡すとこの乾燥地帯フィンランドでは美肌な人が多く、その秘訣を教えてほしいくらいである。

でもどうせみんなサウナって答えるんだろうなぁ。長生きもサウナ、美肌もサウナ。

結局、イケメンはいるのかいないのか

フィンランドにイケメンはいるのか？　多いのか？

この件に関して私のイケメン感覚だけでは非常に頼りがないので、同じくフィンランドに在住している日本人の知人たちに聞いてみた。

以下、そのコメントを掲載してみる。

「フィンランドにはイケメンが多いとは思いません。

色素の薄さや長身などステレオタイプのイケメン条件は満たしているかもしれませんが、長年同じTシャツを着ていたり、おしゃれに興味がなかったり、フォーマルな格好をする機会がなかったりと、素材を生かしきれていません。

なおかつひょろっとした色白オタクも周囲には多いです。顔は整っているのにジムで体を鍛えるわけでもなく、自分のありのままでいようとする人が多いのかもしれません。大学や会社の福利厚生で施設内に無料のジムがあったり、ジムで使えるクーポ

ンが配られたりはするので、頑張ってる人も一部いるんですけどね」

のっけから辛口意見である。

そういえば再三にわたって書いているが、この国のスーツ率の低さは異常とも言える。10代の頃、スーツを着て演奏するバンドに熱をあげて過ごした私としては物足りないことこの上ない。

男は顔じゃなくて骨格！　骨の太さと骨密度！　と普段から主張して友人の賛同をいまいち得られずにいる私は、夫を含める周囲の骨イケメンにスーツを着てほしいと願っているのだけれどフィンランドでは機会がまったくやってこないので、格好よさ半減である。でもたぶん、右の方が指摘しているように、本人たちはあまり気にしていないのだろう。

次のコメント。

「フィンランドに来たとき、正直周囲がイケメンだとは思いませんでした。他の欧州の国ではモデルとか俳優みたいな人が町中に結構いたのですが、私からするとこちらの方が親しみやすくていいなぁとは思います」

これは最初の方のコメントに通じるものがある。

なんというかみんな肩の力が抜けているのである。よく言えばリラックスしている。心もおしゃれも。

ちょっと話は違うけれど、ヘルシンキからロンドンに引っ越したフィンランド人の知人が「ロンドンじゃスーパーの袋なんて恥ずかしくて提げて歩けない！」と嘆いており、フィンランド側の家族を驚かせたようだけれど、むしろ私は今まで買い物袋提げてたんかいと驚いた。

そういえば割合としてはエコバッグを持参している人の方が多いものの、スーパーの袋を提げて電車に乗っている人も普通にいる。なんならスーパーの袋をケチってサンドイッチとドリンクとおやつのバナナとチョコバーを抱えて歩いているビジネスマンもいる。それが日常風景に溶け込んでいるのがフィンランドなのかもしれない。買い物なんて誰でもするし恥ずかしいことじゃないよね、と。

ファッションもそんな感じで「みんなTシャツ持ってるよね」「みんなスウェット着るよね」「寒いときはアウトドアジャケットが一番って常識でしょ」と、着心地重視。私は移住するまでTシャツやアウトドアジャケットを持っていなかったので、こっちに住むようになってからがらっと服装が変わった。きっと日本ではダサいとか言われる部類の普段着なのだろうけど、こちらでは人の服装や見た目にあれこれ口出したり陰口叩いたりする文化はないので、他人にどう思われるか気にせず過ごせている。と書いていると、なんかイケメンなんていなくてもリラックスしている方がいい気がしてきた。

念の為、フィンランド在住者はイケメン感覚が麻痺しているかもしれないと思い、フィンランドに旅行したことのある友人たちに意見を求めてみたけれど、やはり皆同じようなコメントで「他の国に比べてフィンランドに特にイケメンが多いとは思えない、むしろ他の国の男性の方がおしゃれだしよかった」と返ってきた。

それでは最後に、国際結婚以外の理由でフィンランドに住んでいる方のコメント。

「フィンランドにイケメンが多いかどうかはわかりませんが、友達の旦那さんとか見ているとイクメンというか、性格イケメンが多くてうらやましいなぁとは思います。みんな家事ができて、収入差に関係なく男女で分担する。もちろんフィンランド人の中にもＤＶとかモラハラとか問題を抱えた人はいますが、一部の話。日本より男性の家事・育児の負担率ははるかに高く、『やってあげている感』がないのでそういう人と結婚したら幸せだと思います」

顔ではなくて心でカバー説、と言ってしまったら身も蓋もないけど、フィンランド人のほとんどは18歳で独り立ちするので生活能力の高い男性は多い。そこはこの国のよいところだと太鼓判を押せる。

というわけで心身ともにリラックスした、ファッションにお金をかけない家事もできる人が理想なら、フィンランドでは充分見つかる可能性がありそうだ。

あれ、いつの間にか話題が変わってる。イケメンどこ行った。

あとがき　私の出身はどこ？

最近フィンランドに移住してきた方に、「どうして暮らす場所に日本ではなくフィンランドを選んだんですか？」と聞かれ、はっとした。

そもそも選んだ自覚がなかった。そうか、端から見たら選んだことになるんだこれ。

夫は一風変わった父親のおかげで、子供の頃から黒澤映画を見せられ任天堂ゲームを遊びまくりと親日家になるべく育てられたようなものだ。私に会う前から日本を頻繁に訪れ、その回数は10回を軽く超えていたしいつか日本に住みたいと願ってさえいた。そんな彼は私よりもよっぽど日本に詳しく、いつも帰国のたびに観光案内をしてくれる。

私は逆に、フィンランドを訪れたことはあれどどんな国かよくわかっていなかったしそれまで興味もなかったので、これは一回住んでみないとなぁ、とちょっと行ってくる程度の軽さで住み始めたのだ。

その延長で住み続けているだけ。

だから言っておくが、フィンランドと恋に落ちたわけじゃない。骨を埋める覚悟なんてものはまったく決めていなかったし、なんならリタイア後はフィンランドは夏だけにして気候のいい国にもう一軒家を構えるのもいいね、なんて話もしているぐらいだ。キャンピングカー生活にも憧れる。


そういえば学生のとき、英文学の教授が授業中の雑談で私に出身地を尋ねた。

この質問はいつも私を困らせる。

親が転勤族だったため、文字通り「身が出た」県と、長く住んで愛着のある土地と、実家がある県、すべて違うのだ。正直にそう答えるとダンディな教授はニヤリと笑い、

「君はrootless ってやつだな」と新しい単語を教えてくれた。

根無し草。失礼にも聞こえてしまいそうな単語を、私はなぜか褒められたかのように受け取り、その後旅行で知らない土地をほっつき歩くたびに思い出していた。

「どこから来たの？」「日本」。旅においてよく聞かれる質問だ。

結婚後、夫と旅行していて聞かれれば「フィンランド」と答えるようになったけれど、それでもなお「でもあなたは実際のところどこ出身？」と私に聞き直す人もいる。フィンランド内で聞かれた際には、フィンランドから来ました、と答えることは許されない。

きっとこの先また別の国に移り住んだりしたら、私がフィンランドに住んでいた数年なんてあっさり吹き飛んで、見た目と国籍で日本出身の日本の人、となるのだろう。隣にフィンランド人の夫がいたとしてもだ。さみしいような気もするけれど、私とフィンランドという関係は実際そんなものなのだ、今のところ。

根無し草はあれからもずぶとく生息しています、教授。北の地で家庭を築いて家買おうとしちゃってますけど、根っこはまだ生えてこないみたいです。

本文デザイン　古田雅美
本文イラスト　赤羽美和

この作品は幻冬舎ｐｌｕｓの連載「フィンランドで暮らしてみた」（二〇二〇年五月～）を加筆修正し、書き下ろしを加えて再編集した文庫オリジナルです。

やっぱりかわいくないフィンランド

芹澤桂《せりざわかつら》

令和3年2月5日　初版発行
令和3年2月25日　2版発行

発行人――石原正康
編集人――高部真人
発行所――株式会社幻冬舎
〒151-0051東京都渋谷区千駄ヶ谷4-9-7
電話　03(5411)6222(営業)
　　03(5411)6211(編集)
振替 00120-8-767643
印刷・製本―中央精版印刷株式会社
装丁者――高橋雅之

幻冬舎文庫

ISBN978-4-344-43061-7　C0195　せ-7-2

幻冬舎ホームページアドレス　https://www.gentosha.co.jp/
この本に関するご意見・ご感想をメールでお寄せいただく場合は、
comment@gentosha.co.jpまで。